JN169366

新・戦後短歌史抄
――作品と時代

水野昌雄 著

本の泉社

戦後短歌をどうとらえるか

戦後短歌も半世紀を超えている。短歌史としてどのように考えるべきか。さまざまな短歌史がそれぞれの著者の考えるところによってまとめられている。何を中心に考えてゆくか、ということからそれぞれの短歌史に差を見せているのである。短歌史と表題を掲げなくとも、戦後短歌作品選のような著作でも、その取り上げている歌人の差は大きく、それぞれの編者の短歌史観を示しているのである。

ここでまとめた作品やエッセイ類は短歌史としての叙述としてのものではない。もともとは雑誌『短詩形文学』の巻頭の一ページに毎月一冊ずつ取り上げて来た集成である。最初はこれまでの短歌史で見落として来たものを拾うつもりではじめたのではあるが、しばらくやってゆくうちに感じたのは、短歌史の底流、いや本流はこういうところにあるのではないかということである。わたしの手元にある雑誌や歌集であって、それらは系統的に短歌史になるように揃っているものではない。しかし、わたしが取り上げなければそのまま見すてられてしまうであろうようなものを書き抜いてゆくうちに、これらが短歌史の土台を支えていることに思いを新たにした。

それは総合歌誌上にはほとんど出ることのなかった作品であり、歌集である。あるいは刊行時には多少知られていても、今日ではほとんど触れられていないものである。そしていま読み返してみても今日的課題をかかえているものたちである。これらは歌壇史の表面に立って話題となって来たことはあまりないことからすれば、マイナー的である。しかし、マイナーが意味するような重要性の乏しいとか傍流ということからすれば異なるものである。短歌を支えている源泉をなすものであり、短歌の土台をなすものである。そしてさらに戦後のそれぞれの時代を生きて来た証言となっていることを考えさせるのである。

全体を通読してみると引用作品の長短さまざまあって一定していないが、それは当初からその時その時の思うがままの記し方によるのである。しかし、一〇年間をふりかえるとまさに短歌は歴史だと思う。一例をいえば、春風亭柳朝の短歌で「さきがけ」と称した政党を「花魁《おいらん》」と結びつけて風刺したのがあるが、現在ではさきがけ党なるものがあったことも記憶になくなっているであろう。落語家の一首によって時代の動向が端的に見通されているのは興味深く思われる。文芸は政治を越えている場合のあることを歴史的に示しているといえようか。年代を記してあるが、歌集の中身としては刊行時以前の作品であり、作品が年代順に一冊になっているわけではない。それぞれが短歌史の一端をになっているという意味の表題である。戦後短歌史の課題としてのテーマもさることながら何よりもこれらの作品を読み返してみるとそれぞれの時代を生きたひとたちの情感は生き生きと伝わってくる。ヴェルディ歌劇の一節の「行けわが思いよ金色の翼にのって」とこれらの作者たちに代わって口ずさむばかりだ。戦後短歌史を支えて来た人たちにささやかながら乾杯をしようというこの一冊に祝福あれ。

追記

右の文章は『戦後短歌史抄』(二〇〇〇年八月刊)の冒頭に記したものである。主旨は変ることがないので『続・戦後短歌史抄』(二〇〇九年六月刊)に再録したのであるが、三冊目のこのたびもその通りとした。ただ、「戦後」とは表題しても、戦時下に作った作品が戦後になって刊行したのものもあり、戦中の雑誌からのものもある。それらは今日生きているると思ってのことである。有名・無名ということもかかわりなく、その時どきに接した問題作品という結果になっている。そういう点から第一集・第二集と幅広くなって来ているが、主旨から変るところはない。年代順に整理もせずそのままであるが、それも時代をふりかえるその時の感慨が出ると思ってである。

今回ⅠとⅡに分けているのは『短歌形文学』掲載がⅠであり、Ⅱは『ゆたかなくらし』（本の泉社刊）という「わが国唯一の高齢者福祉・介護総合誌」に毎月載せたものである。

目次

Ⅱ

※印は合同歌集から

一九九〇年

天を抱くがごとく両手をさしのべし死体の中にまだ生きるあり
焦土に今はもの言う気力さえなくてまなこうつろにうずくまる群れ
揚陸を終えし戦車の群よ波しぶく日本の埠頭の深き陰りよ
抵抗の声はひそめて流れゆく武器持たぬ貧しき群衆の輪
ひそかなる地熱よ燃えよ街上にビラ撒きて囚われ行く一人の少女
わが受くる火刑なるべし壱岐島に韓国人徴用工の骨を灼きつつ
仁川の街に寒波は吹き荒びひとりの被爆者と会いて別れき
光州に蜂起せし学生教授らよ高先生を思い眠れず
遺族らのチョゴリ初冬の風に鳴る強制連行されし駅のある街
松川の被告の無実証しつつわれは歩みき戦後史のなか

前半の作品は『広島』（一九五七年）から。後半は『連祷』（一九九〇年）から。作者深川宗俊は広島で被爆し、家族を失なう。戦後早くから原水爆反対運動をすすめ、広く文化活動でも有能な仕事ぶりを果たしてきた。七〇年代からは自分が働いていた造船所でのかかわりから朝鮮人原爆犠牲者がまったく治療も受けられず消息不明となったりしていることの解明に力を注いだ。一九九〇年に『連祷』をまとめたとき、講演中に倒れ、そのまま病床生活となり、執筆活動もできず一八年。今年四月二四日亡くなった。

松川事件の現地調査団として泊まりがけで一緒に参加したのは一九五七年だったたか。岩間正男を囲んでのその折りの懇談も今は懐かしい。『連祷』の出版記念会が広島であった時、何も語れず車椅子のままの人であった。引用歌のはじめのものなど、歴史的な名歌といえるもの。当時の我等の愛唱歌。

一九四三年

蘭を見て南京街に下りけり汚く狭き路地に物食ふ　大連　飯岡　幸吉

目覚むれば開きしままのアララギと衛生兵教則がそのままにあり　天津　高木　園子

食堂車を吾等の一行が日に三度占めては時に大笑ひせり　鞍山　勝田　長江

起重機に降ろされてくる馬見れば眼を閉ぢていなきもせぬ　大連　北条　庸雄

着ぶくれし背に朝日を受けて苦力等の一群凍てし河渡りゆく　北京　佐藤　昌子

事務室のインクのつぼに氷はりて今朝の寒さにわれは驚く　新京　清水千夏子

紙一重顔にかぶせて横たはるこの凍死体は乞食なるらし　哈爾浜　矢島　仁

兄の死を知らす電文のみじかきを読みかへしつつしばしはなさず　哈爾浜　鈴木喜久子

つぎつぎに胸病む人多けれど惰性の如く人怪しまず　北京　宮崎シズヨ

灯もいれず夕ぐれの室に一人居ぬ君立つ汽車の汽笛を聞かむ　北京　周　懿婧

青嵐ポプラの枝を吹き過ぎて一人のわれのよりどころなき　撫順　宮田千代子

『短歌中原』（一九四三年三月号・四月号）を門田昌子さんから頂いたので通読したが、戦時下の中国在住日本人たちの心情がよくうかがえるものである。発行所は北京。選者は八木沼丈夫、富田充、原真弓らが担当しており「アララギ」系。五〇数ページの作品は中国各地の居留民、兵士などの短歌を収めていて、巻末をみると廣東から奉天、新京など二二の支社名が掲げられ、歌会の様子もうかがえる。引用の周懿婧・佐藤昌子は門田さんのこと。この時期には北京大学学生であり、敗戦後は八路軍に参加した経歴は、以前八・一五歌人の集いで語って承知の通り。引用歌だけでも察せられること多いが「苦力《クーリー》」は肉体労働者のこと。引き揚げの時のことを思うとよく持ち帰って保存して来たものだ。戦時下の短歌を考えるためにも意義のある資料でもあろう。

一九六一年

学徒出陣四年続き癩盲七年のこの空白に歌詠まんとす
癩予防法改正の日の来るを待ちて屈辱の誓約書に黙し捺印す
農地改革に滅びたるべし家よりはこの八年に手紙ひとつ来ず
アララギの歌きけば又歌詠まむ新しき力我に湧き来る
盲杖をつきつつ今日も一番高い寮まで「アカハタ」届けに登る
共に学び共に兵となり逝きたりき諸永、村上、久我ああ限りなし
マルクス語り演習をさぼりたりき村上も雲南に逝きて十四年
二宮美穂足しのばせて訪い来り黙って蜜柑と桃の罐置きて去る
夕べ夕べに吾が寮に来て餌をひらう鳩よお前は眼が見えるのだ
反駁の心むかむか湧きくるを言い終わるまでわれは聞きたり
雨が降ってもこん畜生晴れてもこん畜生壁につぶやく盲いわが日日
ニュース聞く我の心をしめつけて冷たき雨降る日本の秋

田村史朗は一九一八年福岡県に生まれ、佐賀高校卒業ののち京都大学経済学部に学ぶ。繰り上げ卒業となり、学徒動員で応召し、主計軍曹で敗戦を迎える。一九四七年ハンセン病にて駿河療養所に入所。まもなく失明。自治会の会長に推され勤めた。一九五八年没。初めての自治会葬。一九六一年岳南短歌会より遺歌集刊行。わたしが仲間と御殿場の駿河療養所に行ったのは一九五〇代の終りごろだったか。話し方は的確。無駄がなく、優れた知識、豊かな感受性がはじめての出会いでもよくわかった。田村史郎が京大学生であったころ、反戦ビラを撒きに連隊まで行ったエピソードは赤石茂の談として『煙』三一号にあるが、「資本論」を原書で学んだというのもそのころのことなのであろう。経済学者を志してもいたのだろう。短歌は土屋文明の伝統をよく受け継ぐもの。

一九六九年

ぬかるみを気づかいながら舗装路を歩むそばより跳ね上がりをり
病む父と顔突き合せ解ってもわからなくても愚痴をこぼしぬ
見えぬ眼に庭べに向きて父は言ふコノサビシサヤアスモシグレム
両耳のちぎるるばかり風の冷たさもう私をかばふ父亡し
いまにして思ひ知らさるる愛のさま踏み減りしホームの階段降る
むざうさに出されし魚をほぐしつつもう私の来る場所でなく
デパートに飾られし「天女の像」よそよそしく買物客を見下す
遊びに来よと誘はれて行きまたしてもさびしき思ひ持ちて帰り来ぬ
生きてゐる証と思ふ音たてて物食ぶる人　老ゆるはさびし
聞かされしあまたの言葉のむなしさに気付きわれはもう若くなし
兄いもうとと呼び合ひしことも遙かなり逢へば傷つくまで諍う
どもるつらさ誰も解らず事務所にて電話応答に注意されたり
ふしあはせな女とどれ程違ふかと水槽の金魚の逆立ちを見つ

歌集『草鳴り』(一九六九年)は萩原アツの第二歌集。父萩原羅月は俳句作家・研究者として知られているが画歌人との交流は深かった。晩年は失明、著者は介護につくし、亡くなったあと、羅月の遺作集をひとりで刊行。大正一五年生まれだからこの時期は四〇歳代。後記に「装飾過剰な作品より、むしろ単純、素朴なもの」と目ざすところを記しているが、その主張が哀感深く詩情豊かな結実となっている。

二〇〇四年

ケアマネジャーとは根掘り葉掘り尋ぬるもの吾れは次第に腹立ちて来る
多門院毘沙門天の初詣車椅子にのせられぬ一月十日
たたき大工、社長、会長と履歴さまざま男性は語り母性は語らず
点滴のみ重湯のみの日はつづきおまじりとなり人心地つく
アルツハイマーらしき老女と同室になり朝な夕な見張られてすぐ
口きかぬは針のむしろか人には人の理由あらむをつらきは吾れ
ベッドの柵に閉じこめられて夜は寝ね朝放たるる病院に生く
今までそつなく話しゐし人突然に継ぎ穂もあらぬ言《こと》を言ひ出づ
思ひがけぬ変化にいかに対応せむ途惑ふばかり無惨なるとき
精魂を込めて対応して来し開業医の過ぎしかずかず今も夢に来る
リハビリは孤独なる闘ひ午前午後に分けくり返す運動百回
言葉荒く何か争ふはもと江戸っ子桶職人百歳と聞く

北沢郁子が編集発行している同人誌『藍』の二〇〇四年から数年間の木戸昭子の作品である。木戸昭子の名はすでに幾冊かの歌集があり、知られているが、これらはその後の未完のもの。浦和で病院を開業し、院長として広く知られている存在であったが、歌壇的には大野誠夫と結婚、一六年後の離婚ということで記憶にある人かもしれない。この一連の作品では、開業医であった人が老人ホームで暮らす日々がリアルに、つつましく、うるおいをもって歌われている。惨めな思いも詩情豊かなものとなっている。老いの短歌として格別の味わいのあるものだ。二〇〇八年八月没。九三歳。

一九八三年

おどおどとすること勿れこの齢になりてしまへばどうにもならず
タシケントに一度ゆきたし行きたしと切にいふとき人あり笑ふ
乗換を気にはしてゐてあはれまた間違ひにけりこの地下鉄め
老の夢はてしなく続き朝さめぬまぼろしの人われをさそふよ
痛む腰ひきずりてゆくわれのゆく新宿の街あめ降りつづく
何にかにあらがふがごと薄着してふるへてゐるも年のはじめを
夕一に土岐先生逝くの三段抜きサルトルもこの日パリにて死す
科学的社会主義こそ人類の往くべき道かはるかなるとも
みなぎらふ銀座には来て吐息つくぎらぎら燃ゆるカラフル銀座
一つのサイン一つの具体とみるときに夾竹桃の花あつくるし
汗たりて夏は汗してデザインの仕事にうちこむ今年もわれの

斉藤豊人は個人歌集としては、一九八三年にまとめた『斉藤豊人歌集』のみ。ときに八一歳。長く毎日新聞の広告部に勤め、その後工業デザインの分野で活躍。短歌は『水甕』『蒼穹』を経て『短歌周辺』に参加。この歌集も「短歌周辺叢書第二篇」である。晩年は土岐善麿に親しみ、善麿風の率直明快、のびのびとした滋味ある作風につながるものである。千三百余首の中から晩年の作を引いたが、生き生きとした老境が、知性豊かにこだわりなく歌われている。人間性のたしかさを示しているのは広い視野のある生き方、ならびにその自然体的作風によるものだろう。

一九九六年

白萩の苗木を提げて陸橋より落ちゆく夕日をみつめてゐたり
汝もまた迷へるものか夜の巷《まち》の中空を一羽からす啼きゆく
移りゆく荷を封じをり障害の子のあればなほ我を死なしめず
家を出でてただに曲れる坂道を事なきごとく下りゆくかも
希望　なきにしもあらず水嵩の増して濁れる川を越えゆく
祖母われを「君ね」と呼べるわらは子は幼稚園休み今日われとゐる
短歌には収まりがたき我が心支ふるものなく年逝かむとす
ゆふされればわが病室に足病める長男がわれを迎へに入り来
病むいのち繋ぎ来たりて文学を悪みて被る灰色帽子
文学に迷ひは解けずゆふ闇のつつむ火の山影となりゆく
怖るること何もあらざる心もてアウン・サン・スー・チー先頭に立つ
おとずれぬ眠りを待ちて明くるまでものを思へり七とせ余り

島田美佐子歌集『第三・明日葉ノート』（一九九六年）より。書き抜きながら作者の苦しみ悲しみに耐えて歌い上げる作品の哀感は身に迫るものだった。障害を持つ息子と共に生活し、自ら難病を重ね、加えるに離別したひととのことなど、苦難をすべて芸術性高い作品に結実しているのである。あとがきには「実人生から遊離した言葉の羅列であれば、それは虚しい。実人生から滴るように生まれる言葉のきらめきは、真実のものとして乾いた心を満たしてくれる。うたは人生の締めくくりではない、うた以前にある生そのものをもっとも大切にして、私は生きてゆく。」と記している。亡き夫島田修二との経緯に一切触れていないが、その抑制も文学精神あればこそだろう。つつましく輝く冬の星だ。

一九七五年

重荷ばかりかくる言葉を子にはきてわが執念はもう底をつく
背くぐめ吾夫が酒舗に入りゆくは家でみるよりなほあはれなり
学校をうとむはそれぞれ理由あらむ子は家にても抗ひやすき
頬骨たち眉迫り来しわが子らよ母と距る時はすぐ来る
酒により気力僅かにもつ父と学に倦む子と同じ血めぐる
曇天の下にさくらが咲き溢れ肩をおとして行くばかりなり
愛よりも憎しみは常にかけねなし吾をめぐるもの誰も傷つく
八十路近く尿にごりつつ働きし母を思へば心はたぎつ
生母より享けつぎしものの一つにて頬骨高くわがさらす修羅
老醜のいたらぬ間に逢ひたしと恋ひゐし友らみな世を急ぐ
学に倚るとあらぬ幾月家出入り闘ふ汝を見てゐる外なき
投石に血の泡ふきて倒れたる友にはぎしる汝も傷つく

歌集『霧より霧に』は山本初枝の第一歌集。『水甕』の実力者として早くから知られており、戦後まもなくの『水甕十人集』(昭二四)にも参加しているが、歌集をまとめたのは昭和五〇年。「社交的な歌、きれいごとの歌」はなく、「内にふかいものへの志向」と序で加藤将之が記しているが、芯の強く、人間を見つめる眼の厳しさは格別の資質である。引用末の二首は大学紛争に参加した娘のこと。生きてゆくたしかさを感じさせる一冊だ。著者は与謝野晶子の学んだ高校で長く国語教師をしており、校庭にある晶子歌碑を案内してくれたことがあったのを思い出すが、何十年か前のこと。

一九五二年

ふきぶりに　ペダル踏み力むおれの姿　なぜかう惨めなんだと　なさけなくなる。　青江　龍樹

あゝ足が重い——魯迅がそう言って死んだ。胸につかえるような　味気ない憤り。　同

シグナルが「青」に変る。ホームに白々と　夜明けの霧だ。　加藤　秀雄

缶焚きの　なげき　かなしみ　いきどおり　ひとは知らない　機関車よ走らう。　同

棒立ちで紙差しつづける　足うらに　ひびきくすぐる　モーターの唸り。　高橋　政次

薄給に堪えず　ひとり　またひとり転職だ。隣接する軍需地帯に　吸われこむのだ。　同

いきなりふりむくと　帽子を高くふりあげた。友は　たしかに笑ってゐたと思ふ。　鍋井　利

風のむきに変る　発動機のひびき——ふと　ひとの恋しく　一人臥てゐる　同

マドリード危し！　眼を刺す活字——思はずかたづのむ　今朝の一瞬　根岸　春江

「二三ヶ月絶対安静」と言ひ渡す医者の顔じっとながめて　黙ってかへる。　同

『戦争犠牲者十人歌集』（一九五二年）は小さい手帳の大きさ。一〇九ページ。渡辺順三はあとがきでこれらの人は人民の自由と平和のために勇敢にたたかい、そのために投獄され、窮迫過労により死に至ったのであり、戦地に追いやられた人と同じく侵略戦争の犠牲者としてふりかえるべきことを記している。ここに引用した他の人々は小名木綱夫・紀太善助・山埜草平・渡会秋高・荻原大助。青江龍樹は農民運動により投獄され、その後日雇人夫、南支で戦死。加藤秀雄は中野重治の小説「汽車の缶焚き」の提供者。馘首されのちに中国で戦死。高橋政次は労働運動により馘首。二度にわたり三年ずつ投獄され、敗戦前に出獄し、まもなく死去。鍋井利は小学校教員、投獄一年のあと病死。根岸春江は詩人松永浩介の妻。いずれも『短歌評論』の発表作。

一九九八年

内職の手配にわれを雇ふとか即答避けてしもたやを出づ
会社とは名ばかり個人経営の細工仕事にわが就かむとす
内職を乞へる電話の応対に銭の単位をひがな口にす
これ以下の零細はなく廃液の基準超えしに音を忍ばす
妻にさへ理解しがたき零細の実情夜の九時宵の口
潰えるか大きくなるかほかはなくいづくも他社のデザイン盗む
真似らるるまでが勝負の業界に有無を言はせぬ納期と歩引き
デザイナー募集につどふいづれもが場違ひなほど胸あらはにす
情実をわが捨てがたく面接に時間つひやす寡婦のひとりに
講義録早稲田を読みていしずゑとせし父世にはアカと疎まる
拷問の傷あとふかく残る背を洗いやりつつ老いしと思ふ
諫めても甲斐なく父の繰り返す水とめ忘れガス消し忘る

三浦武の歌集『割下水』は江東区の下町の生活感が生き生きとしている。引用作品は零細企業の日常があるがままにリアルに描かれ、切ないほどである。昭和のはじめに革新運動に参加し、拷問を受けたこともある父が節を屈することなく筋を通し、老境になって病床にあるのをテーマにした一連は歴史的な意味をもつ。割下水は「食ひつなぐほどの意識に勤め出し割下水とふ道往き還る」によるもので、今の北斉通り、松村英一に親炙。松村英一のことを今はいう人が少なくなった。

一九六二年

勤めなれば勤めなればと抑え来し思い今日より解かれて行くを

忘れたきことの多くを抱え持ち冬より秋へそしてまた冬

ようやくに無職となりしわが前に日常広しおそろしきまで

軋む床なめらかならぬ戸のたぐい家も生きいると思いつつ住む

この町に特に親しき人あらず疎む人あらず長く住み来し

わが心の或る部分意地悪く押して来てそ知らぬ顔に人は立ち去る

母よりは意地悪く世に生きながら折おり母に戻りいるなり

悲しみを集めいし日々楽しみを放ちいし日々いずれも遠し

勤めいし日には次第に遠ざかり先の尖りし軽き靴買う

血縁よりたいせつな役果しいる鍵束たしかめたしかめ歩む

折おりに開き眺めし窓の外隣家の建物ひしと迫れる

歌集『野に在るように』（一九八七年）は古賀泰子の第三歌集。「塔叢書」第三三編。長いこと勤めた教職を退く時期からそのあとの生活が感性豊かにうるおい深く静かなリリシズムとなって歌われている。人間を見る眼がしっかりとしており、表現は余分な装飾がなく、端的率直に細やかな情感をしっかりと表現している。『塔』では早くからその存在は認められているが、こうした歌集が八〇年代のはじめに生まれていることはこの時期の歌壇の様子を思うと考えさせられるものでもある。それほど華やかではないが、読んで心にしみじみと伝わってくる味わいは、文学として良質のものがあることを感じさせる。この時期の年鑑類には取り上げられることもなかったが、一度読めば心に残る歌集として記憶に残るもの。

二〇〇七年

半世紀すぎていまだに終戦後の春の輝くさくら忘れず
ひめゆり部隊世代のわれは残り生の一日のさくらおろそかに見ず
じりじりと平和崩れて行く時代経につつさくら今年も咲ける
遠のける戦時の記憶ありありと迫り来も花の満てる曇り日
呼び返す声に答へず手をふりて桜の下に訣れたりしか
花かがよふ町の一画に献血を拒まれてをり血のうすきゆゑ
棘のある女人孤死せり悼むにもあらざれど夕べさくら翳濃し
戦争の記憶はいまも切なくて残花残月残死もろもろ
晩冬のさくらの枝に花芽みゆ生に具はる平凡非凡
鉄材の錆びて積まるひと処音なき落花のひねもすやまず
失明を懼れゐたりし年すぎて眩し日に照るこの朝桜
花の雨花の闇はた花明かり心つくづくといま生きてゐる

歌集『さくら』（二〇〇七年）はすべて桜を歌っている。著者尾崎左永子が短歌叢書の一冊として歌集を出すことになった時、書きおろしのように短い期間に桜をテーマにして歌うことにしたもの。章毎に九篇のエッセイも収めてあり、桜にまつわるさまざま思いが洗練された筆致で綴られている。著者は永いこと桜は戦争の記憶と結びつき歌うことができなかったが、その意味をも含めて、桜の連作となったことを記している。桜をテーマとしたというよりも、桜を通しての戦中戦後を生き抜いた人間の哀感の結実といってよい。それだけに単なる風物としての桜ではなく、歴史の中の人間の桜となっている。桜への賛歌でもあり、レクイエムともなっている。まことに読みごたえがあり、考えさせられもする歌集である。

一九五一年

薔薇ひらき朝ゆれうごく爽やかさ五体に沁めば生きむと思ふ　壱田すさの
青葉の梢雲ゆき流れ郷愁の如き慕情を我が支へゐる　同
幼児は常に三時を指す時計腕につけゐて昼を眠れり　今井公夫
狭間田を横切る低き径なれば晴天の日も乾くことなし　同
ひとときは虚におちいれる日もあれど職もちて朝の化粧など凝る　小野沢富枝
愛恋の燃え盛りたる夜もありぬ水道の水にて足洗ひ寝る　同
泡立ちて流るる河のひろがりを右折しそそぐところに海あり　金子一秋
メタン瓦斯夜半の刻もやまず噴く暗き運河の水を見て去る　同
かたつむりの殻を羨む夜がありて暗き室内に身をちぢめ寝る　山下和子
ひとの眼のとどかぬところ不逞なる素顔をみせて我は安堵す　同
生きたくはなきに生きつぐ寒夜中寝返りを打ついくたびならむ　山口隆俊
刑務所に父訪ねゆきくやしさのやりどころなく硝子打ちわる　同
一日の安息の場を恃む床に蚤幾匹がすでに待ちゐる　藤田元紀

田仕事はわれに無理なのに老い父母の行かすを見れば又ついて行く　　同

『新日光』は一九四七年四月から二三年続いた総合季刊誌。尾崎孝子の個人編集発行になる。第一一集（一九五一年七月）から引いたが巻頭三〇首は坪野哲久・尾崎孝子。作品欄は各一〇首一〇二名。エッセイは矢代東村・山田あき・近藤芳美・中野菊夫らいずれも読みごたえがあり、作品の一部を引いてみたが、戦後まもなくの時代のさまざまな生活の実感、情感がリアルである。尾崎孝子は歌壇新報社の社長。人間を知るにはエッセイ集『万華鏡』（一九五七年）が適切。歌人のエピソード集として資料的意味もある。

一九九七年

ター坊の呼び名そのままにわれの子が登場している手塚漫画に
戦後みな貧しき本郷の学童社住込子連れ編集長シズオ
葱坊主そら豆の花風のみちひそかに病院脱け出してきて
漢方薬気功何でもやりましょう癌に負けない体づくりは
紅衛兵の喚声すでに遠けれど路地の老舎の白い死の顔
たちまちに過ぎし歳月に声もなし釣鐘草を受けて病みいる
亡きのちに何が残るかひらひらと揚羽の片羽おちてまた立つ
思いっきり今歩きたい雨なれば雨にぬれたいいまだ春過ぎず
面会禁止幾日の部屋にも春三月あけぼの色の光染めくる
人は誰でも一度は死ぬということ初めから覚悟はしていたではないか
欲しいものすえさんふきさんの知力胆力しょせん小さきわれのあこがれ

宮前初子の遺歌集『虹』（一九九七年）は没後二年目に夫の鎮男氏がまとめたもの。引用二首目のシズオがそれにあたるが、漫画雑誌の編集長をしていた時期に無名時代の手塚治虫を担当した縁で、生涯宮前家とのつながりがあった。歯科医師としての宮前初子というより、会えば短歌のことを熱っぽく語った記憶のほうがおおきい。長く三重の相可で歯科医院をそれぞれ医師となった子息、娘とともに診療に従事していたが、一九九〇年発病。治療に専念することになるが、気丈で明るく、のびのびとした歌いぶりは格別。引用三首目からは亡くなる年の作品。すえさんふきさんは住井すえ・櫛田ふきであるのは察せられよう。宮前さんは婦人運動のリーダー的存在でもあった。

一九七〇年

長男と次男が共に相撲とる隣の部屋の布団博ちつつ

ただ一羽飼いたる鶏が生む卵毎朝のごと話題となれり

療養時つかいすぎたる抗生物質の副作用いまにして出づ

麦わらの煙は低くたなびいて山ふところより天にのぼらず

岩風呂に浸りつつ思う日雇の我が此処にあるも歌の故なり

日雇いにするため父は育てしにあらねど我はいま日雇に生く

辛らつな批評に耐えて聞きており復党なりし歌人なり我は

日曜に働く妻の手を思い爪切りいたり夜の病床に

値打あると思えぬ硬貨の軽さなり金受けし後ころばしてみる

枯草を登りつめては下り来る動作くりかえす一匹の羽虫

作品は一九七〇年四〇歳で亡くなった古里俊雄のもの。大牟田から出ていた『拓』発表作品から主宰者の藤川英明が抄出した一連からさらに引用してみた。古里俊雄について盟友藤川英明が追悼している文によれば、彼は大牟田の東洋高圧社員であった。レッドパージで多くの仲間が首切りになるのを座視得ず、個人的に首切り反対のビラを作って配り、そのため彼も首切りとなる。日雇労働者となったが、結核となり療養を余儀なくされ、その間激しい恋愛から結婚。妻はうたごえの活動家でもあった。「貧乏の根底にあるものをひきずり出し打擲したい」という短歌の覚悟であったと記されている。日本の解放運動史を支える志高き無名戦士のひとりといっていいだろう。「古里俊雄は酒とフリージアの花をこよなく愛した人だった」と藤川は末尾に記しているのをそのまま引いておく。寡黙実直な風貌を思い出しつつ。

二〇〇九年

梅に椿に咲きて近づく春ながら今日ぞくるしく父偲ぶなり
言論をしばる法また謀りをりめぐる歴史は哭くべくくやし
障害者といふ自覚なきおろかさを思ふ日もあり青葉のかげに
歩道橋仰ぎて憎むときのみは障害者意識かすかに疼く
夫も子もなくて朝寝のゆるさるるわが冬ざれに軒雀なく
化粧せぬ顔をたれにも見られずに残雪蒼き夕べとなりつ
麻痺おもきをさな娘をあやめたる親あり　ゆるすわれがおそろし
一匹の猫さへ飼はぬ薄情をつらぬきて春の炬燵は寒き
いかなれば小鳥は空を飛び得るや益なきことをおもふ春の日
おびただしき皿を洗へるパートたち家守るよりは溌溂たらむ
水商売の家の不具者は福呼ばむ尊ばれよと言ひし酔客

歌集『清明の季』は一九八九年に初版が出、二〇年後の今年、増補版として京都の「たたら短歌会」から刊行された。著者の山本治子は山本宣治の長女であり、先天性の左足と両手指骨欠損の障害のため就学は一切なく、家庭教師に学ぶだけだった。その家庭教師の縁で『潮音』に入って短歌を作るようになっている。あの虐殺された山本宣治の娘と知れば、引用一首目「今日ぞくるしく」がよく察せられる。あとがきには太田水穂夫妻、青丘夫妻への感謝の言葉が記されているが、短歌とのかかわりが人間形成に役立ったこともつけ加えられている。山本宣治の没後八〇年記念としての増補出版と帯には記されているだけで、「たたら短歌会」の安永悦子主宰は名もあえて記されていないが、義侠心ともいっていい覚悟があっての刊行。なお「水商売」という言葉があるのは宇治で品格のある旅館として知られている「浮舟園」のこと。多くの歌人が歌ってもいる。

一九九五年

ストーヴに寄りてやさしく黙しゐるみな靴下に湯気たてながら
われの記憶にともしく清く音たててかの海辺の盲導鈴
昔としわかくして今おいたれどうつつに末代造悪の愚者
散りぬれば花も地獄の曲舞も生死のはての篝火のゆめ
いづれの仏か我らが父母におはします朧月夜のあけぼののそら
身命をすてざるわれらを慚愧せむ安居院に鬱金桜散りそむ
月となる乙訓の野の花すすき　をとこは女人をいのちとす
人の世の時雨はさだめなきものを一念愛境につながれて
惑ひは惑ひを重ぬるがごとくにて縮緬紫蘇の葉の縮みかた
風花のローザ・ルクセンブルク忌の海より帰る海鼠をさげて
霧ふかき篁ゆけばサラエボの路傍に死にてゆく子供たち

歌集『踽踽涼涼』は「くくりょうりょう」と読む。孟子の言葉でひとり歩み続ける意と作者原田禹雄はあとがきに訳している。禹雄は「のぶお」と読む。歌集は横書きであり、活字もいわゆる正書体であるが、ここでは便宜的な引用とした。原田禹雄は塚本邦雄たちとの短歌運動の旗手として知られている存在であるが、引用した作品からいえば鋭い感性、しなやかな表現で特色ある作風である。仏教もキリスト教も消化し、知的な時代認識もあり、罪業意識と医師としての科学精神が渾然一体化した趣きでもある。長く長島愛生園他、ハンセン病のために全国各地で働いたひとであり、その研究著書も多い。引用歌のローザ・ルクセンブルク忌は一月一五日である。

一九六五年

わが病むをうとめるひととかかわりなきわれと知りつつなおも雑居す
ねむれるまでねむれる体位をさがしてみる　白い夜空だ　霧がまいている
きこえない会話にまじってなんとなく人の表情をまねして笑う
無意味に笑って人なかにいる　ききわけられぬ言葉孤独にひろがる
とっさにつんぼであることをかくそうとする見栄がまだすこしある
なんとなくさだまらぬ位置にすわりつづけ結婚十年目の記念日がくる
ひっそりと小ぬかの雨が降っている、たべてねむって生きるのだいまは
どこかの部屋から　牛乳のこげる匂いがくる　朝の日曜のひるの病棟
ライラックの花がたしかに匂っていた血を喀いた午後の記憶のなかに
地の底に落ちるように耳鳴りがつづいて　消えてゆく音　声よ　ことばよ
口あけて嘆きの声を消して哭く無音の世界のいのちながきを

歌集『無言歌』（一九六五年）の作者松山映子は二〇代のはじめから結核で富士見高原療養所で過ごし、療養中に知った仲間と退所結婚。社会運動に参加してゆくがまもなく結核再発。高原療養所で治療中、薬の副作用により難聴からまったく聴覚喪失となる。家庭での生活期間はわずかで姑の期待とはそぐわぬ生活の日常の感情もまた屈折してゆくが、それらがうるおいのある哀感となって歌われている。初期の作品は文語定型で整っていて、一九五二年以降は口語発想となっている。序文は科学史家岡邦雄が記しているが軽井沢での革新運動仲間であることによる。「美と荘厳のなかに」「女としてのどれだけ深い悲しさ、あわれさが秘められていたことであろう！」と記し、「命がけの歌集」とも評しているが、その通りだ。時代変革の前を見つめる思想が困難・苦渋をしなやかな詩情と昇華せしめている。

二〇〇五年

すり切れし翅黒き蝶土手を吹く風に逆らい高くは飛ばず

結局は捨てられず又しまい置く花の模様の母の銘仙

とりどりの色のコンテナが曳かれゆく都市の隙間のレールの上を

あっけなく花のとき過ぎ朝毎に緑の色の濃くなる並木

九十年生きて残りし姑の骨かさかさと壺を満たさず

電源を切りしテレビに映りいる雑多なるものそしてわたくし

惑うこと少なくなりしを寂しみて盛りを過ぎしパンジーを抜く

秋の日の傾きたるがまぶしくて我に縁なき西方浄土

鎮魂の火にゆらぎ立つかげろうよ呪え戦をえらびし者を

平和をと言えど鎧の透きて見ゆる総理大臣無表情なる

娶らざる子と嫁がざる子とありて落葉舞う秋天下泰平

歌集『水のかたみ』（二〇〇五年）は関根志満子の第三歌集。『コスモス』の第二回O先生賞受賞は一九五五年。その後鈴木幸輔の『長風』の創刊に参加し、その気品あるしなやかな抒情は一貫していて、戦後女流短歌史を生き続けて来たひとといってよい。優しい心づかいや深い人間洞察が静かなリリシズムとなっていて、虚飾や見てくれのないのは幸輔の良さを生かしたもの。良質の詩情の結実といっていい歌集だ。その経歴・力量からしてもっと多くの歌集があっていいはずの作者だが、つつましい。

二〇〇九年

流亡のこころなく歌壇上位で物言ふ者らをこころでころす
虜囚終へて還りし祖国よ白い粉頭より撒き毛布一枚と千円札一枚を給ぶ
天皇制と自衛隊と星条旗を見て見ぬ振りする日本人
悲惨なる生といふとも崇高なり松倉米吉・江口きち
膝迄の雪に没して原生林深く鋸挽きたる虜囚の日日よ
天皇の替罪羊として現も眠る兵ら六万永久凍土帯の闇に
権力に同じ流亡の精神はや無みせしか蔑みされよ歌会始選者
寒の朝けの水に潜める蜆貝をいとしく見つつ水換えて遣る
心より悼みてくるる一人だれなしと思へよ思へば安し
九十のよはひ愧ぢてむ鶴彬国家に抗し二十九にて獄に果つ

鷲尾酵一の作品を『火の群れ』（一一一号）（一二二号）、『晶』（六六号）から引いた。鷲尾酵一は一九六三年に角川短歌賞を「ゴーガン忌」で受け、その鮮烈な感性と厳しい文学精神に満ちた作品で注目されたが、半世紀たって九〇歳になったとはいささか驚き。それ以上に驚くのは受賞作から一貫している作品の文学性の高さである。発表作にはふりながつけられているのだが、無くても内容は察せられよう。少しつけ加えるなら「流亡」はエグザイルと訓じ「体制から精神的な距離をとって行動し続けること」と注がある。「替罪羊」はみがわりひつじ。鶴彬は川柳作家一九三八獄死と注されているが、先日公開された映画「鶴彬こころの軌跡」（神山征二郎監督）で知られてもいよう。鷲尾氏は早くからいわゆる前衛派の怠惰を批判し続けて来ているが、彼こそが真の文学的政治的前衛というべき存在といってよい。気骨ある九〇歳に拍手を送ろう。

一九七二年

事を正しく学び知らんと　つとめしのみ　名利を追わんいとまだになく
われを見て健康法を問うものに　われは問う　健康とはいかなることか
国破れて　バラックにまず求め得し　このデスクさえやかくふるびたり
長き歴史の苦難を越えて声明す　国家は独立を　民族は解放を
信念もなく実践もなく世界の前に　立ち得るものなし　立ち得ざるものよ
その時代に時代にあらばまさしく生き得しや　あえて歴史を人をあげつろう
老境の春はさながら送るべし　悲しむなかれ　憤るなかれ
棚ひとつ　書斎の壁に吊りそえて　必要なるものの位置のただしさ
花びらのはやくも乾反るかきつばた　若いいのちのなんぞ力なき

雑誌『周辺』（一九七二〜一九八〇・一一）の創刊号から第五号までの土岐善麿の作品から二首ずつを引いた。善麿八七歳の時期であり、日本近代史を生き抜いて来た学識、行動力の見事な達成感がある。この一〇首からでも老境の作品として格別の味わいがある。率直、端的な表現、生き方の結実だ。ここで引用したのは善麿の作品もさることながら雑誌『周辺』の意義を思ってである。これは善麿が二、三の友人とともに思いのままに「生活の記念」ということで原稿料なし、月刊定価百円、年間千円、として刊行したものである。創刊号は短歌欄は善麿のほか近藤芳美、中野菊夫ら五人の三ページのみ。あとの四〇数ページは中西進・吉川幸次郎その他当代の名だたる学識者がさまざまな研究・エッセイを原稿料なしで寄稿している。善麿没後の終刊号が追悼特集となっているが、『周辺』論として論ずべき課題は多くある。戦後文化史としても注目すべきもの。

一九七五年

窓近く電話を曳きて何を待つ吾れでもなきに庭草むしる　斎藤　芳子

睡眠剤飲むこといまだ罪めきて確信もたざる朝ごとの目覚め　藤巻　節子

照りわたる雪面に深き亀裂見ゆ雪崩るる前の山のしずもり

雪の上日向の匂い漂いてスキー嵌めし足しばし遊ばす　森　克子

きっかりと鉛筆をとぎ並べおく心を開くひとのなき昼

浜木綿の繁る影さし灯る窓夫より今日もおくれて帰る　星野　輝子

順調に売上げし日の感謝にもひよわきわれに重なる疲労

異端者のごとく白けて時すぐる病臥の母と姉らと甥と　小森みどり

音たかき笛のリズムに合わせつつ宙吊りの鉄材徐々に下りくる

休む間を鉄帽かぶれる若者がピッチャー真似おり球なきままに

人混みにもまれて歩むわれの背の淋しくはなきか他人の背をみる　明石　雅子

地下街へつづく階段反戦歌くちずさむ青年の肩触れてゆく

同人誌『潭』八号から引いた。いずれもしなやかなリリシズムがうかがえ、感性豊かな資質が認められるものである。『潭』は北海道の山名康郎が中心となり、宗匠に依らぬリベラルな文学性の高い作品を目ざした雑誌である。一九七三年創刊。隔月刊で手元にあるのは二九号までである。二三号からは時田則雄も参加している。山名康郎・滝康介らが論を記していて、いま読み返してみて興味深い同人誌であるが、こうした地方の小雑誌の仕事が遠いものとなり、埋もれてゆくのは惜しい気がする。

二〇〇一年

社長よりすぐ来てくれとのメモまるめ上着つかみてのろのろと立つ

役員ら居並ぶ前に罵倒さる　故なき責を危うくこらう

一顧だにされざる資料に費やせし幾日音たて頭の中かける

会長の前に宴のたけなわをこの盃には意地でもつがぬ

カード忘れトイレに立てば帰るさに閉ざす扉は我拒みいつ

上席は白人のみが占めおりぬしかも若きぞ我より十歳は

並びいる大男らと熱烈に握手をかわす儀式めきつつ

邦人はわれ一人なる会議にて語尾はかすかに震えおびるも

一日の休み明けにはEメール四十三本つくづくと見る

監禁をさるるごとくに論じおりそら白みそむる午前四時まで

揺られつつ意識かすみてゆくままに「もうこんなこと続けられない」

むきだしの欲望無尽にせめぎ合う場にして神の御手なる株価

歌集『黄のチューリップ』（二〇〇一年）は『銀のハドソン』（一九九六年）に続く、栗明純生の第二歌集。『銀のハドソン』刊行のときユニークな証券業界の短歌として注目されたが、この歌集では外資系の職場に移っての証券業界である。株式の仕組みはよく判らないけれども、短歌としてはよくわかる。仕事となると得たいのしれないものとの悪戦苦闘の趣である。「神の御手」を相手にして操る仕事とは不思議な感じではあるが、こういうリアルな短歌によって、証券会社も人間として見えてくる。表現はこだわりなく素直、明快であり、労苦もうちひしがれぬ生命力によってこなしている。「銀座短歌会」「短歌人」のひと。

一九九二年

人間であることを止め初年兵教育をわれら皆受く
紫色に腫れ上がりし頬を打たれても言わねばならぬ「痛くありません」
慰安婦の一団を常に伴いて第一線の部隊は動く
決死隊を志願せる兵に慰安婦を抱かせ最後の労いとする
強姦をせざりし者は並ばされビンタを受けぬわが眼鏡飛ぶ
刀身を洗う将校いま斬りし捕虜を黄河の水に蹴落とす
万葉の学徒のわれが洛陽の街に向かいて砲弾を撃つ
発狂の兵を処理する銃の音野戦病院の闇に聞こゆる
他を犯すことなき国となさしめん銃を執りたる己を責めて
銃を持つ世界許さぬわれとなり不戦の誓いみずからに課す

歌集『兵たりき』は万葉学者川口常孝が『まひる野』誌上に一九八六年から七年間連載した作品を一冊にまとめたものである。作品の制作は連載のはじまる前に完成していたとのこと。学徒兵として招集され、中国の前線で戦闘に参加し負傷、病傷兵として広島の陸軍病院で原爆体験といった生活がリアルにドキュメンタリ風に展開している五〇〇余首である。長歌一首があり、飢餓渇水に苦しむ兵士が民家に逃げ遅れていた赤子を抱く母親から母乳を吸わせてもらうことをテーマとした異色。この時期すでにパーキンソン病で筆記はできず、妻の助けによりて成った歌集である。戦争歌集として歴史的にも記念すべきもの。「念願する平和への道」とあとがきに記しているが、それはこの一冊を遺さずにはいられなかった切実な願いでもある。二〇〇一年一月没。

二〇一〇年

癌を病み逝きし娘の職場にて退職届を吾代筆す
脱毛を覚悟してかつら買ひし子よコバルト照射受けず逝きたり
人手足りず眼科ナースのこの我が帝王切開の手術手伝ふ
戦闘機の轟音に耳を塞ぐなく仕事を続くるコザの人々
観光の地図には載らぬ基地の町八十五%が軍用地と言ふ
肋骨も鎖骨も浮きし未熟児にモニターの電極を貼り行く我ら
保育器に懸命に生きる未熟児に命の尊さ教はりてゐる
二十四歳人工肛門をつけて闘ひし亡き一人娘を誇りに思ふ
なぜ癌は子を奪ひしと心底に凝る恨みに震ふ時あり
刻まれし祖父母の名前に掌を合はせ冬の麻文仁の風音を聞く

歌集『うりずんの風』（二〇一〇年）は安里檀が看護婦として勤務していた三重県立病院に長女が癌により入院し、四年後に遂に亡くなったあと、悲嘆の日々の中から救いを求めるようにして短歌を創りはじめた結実である。一三回忌を迎えるまでの間にしばしばよみがえる亡き娘へ追慕が歌われており、ドラマのような鎮魂の思いが切ないばかりに綴られている。哀傷が深い人間への賛歌ともなり、けなげな闘病の娘を思い出して誇りともしている。さらに夫とのつながりから沖縄と深くかかわり、戦争の傷痕や、現実の基地など積極的に歌いあげている。題名のうりずんの風も沖縄にちなんでのもの。短歌経歴は長くはないのだが、『アララギ派』の着実なリアリズムをよく身につけて読みごたえのある作品としている。

一九九四年

夜の庭にきざす微光よ黎明にむかはむとする意志のごときよ

常に貧しき生なりしかば来しかたのかなしみはみな昨日のごとしも

愚かなるを小賢《こざか》しきがなぶる漫才の道化かなしく見てかへるなり

眠剤を購ふために記しゆく文字よ「就眠困難、文筆家、四十一歳」

夕風に葉をとざしゆくねむりぐさ草はいかなるおもひに眠る

今におもふベトナムの為になししこと幾度かの署名、幾首かの歌

鮫革の軍靴を穿きてはげみたるかの軍事教練も今に忘れず

虱をほろぼすためにシャツを煮しかなしき知恵も忘られゆかむ

眠りきざすまでの暗黒にまたおもふみづからを枉《ま》ぐることをするなよ

力つくして及ばざりしを容赦なくテレビは追へりその馬と騎手

戦ひよふたたびあるな春の陽に影ながくかごめかごめ唄ふ幼なら

菅野昭彦追悼号(『印象』第一巻第三号)からはじめの一〇首を引いた。一一首目の作は「ベトナムに平和歌人の集い」の合同歌集『平和への希求』から。菅野昭彦は東大国文から松竹のシナリオライターとなり、そのご山田洋次とは異なり大学教師となっている。大学の映画実習指導に行き、旅先で急死。雑誌『印象』はそれまでの『ぬはり』を退き、独立して創刊したものだが、その三号目が追悼号となった。「戦ひよふたたびあるな」はベトナム戦当時の反戦歌として話題になったもの。しなやかなリリシズムと豊かな感性。知的な洞察力。時代認識など共感するところの多いよき友であった。早すぎる死去のあと三六年。もはやどの辞典類に名はとどめないが忘れ難き存在である。

二〇一〇年

豆鉄砲食った顔だよ、沖縄県民をだますつもりの鳩山総理
鴻毛の総理の言動情けない。その揚げ足をとるマスコミも
反安保の闘い忘れ此の国の眠りつづけるナショナリズムは
戦争はしないと決めた憲法を守るためにも基地はいらない
アメリカに原爆投下されてゐて辺野古の基地を核抑止だと
アメリカに守って貰ふだからねえ五月の楠の青葉がわらふ
ていたらく。基地を残して沖縄の返還今になんだったのよ
冷ややかに見捨てられ来し普天間の黒酢のやうな感情思へ
ああ今朝はせっぱ詰まった声を聞く私の意識の断片として

『東海短歌』（二〇一〇年七月号）の曽根耕一の作品二〇首から引いた。七月号だから六月はじめごろに作られたものだろう。沖縄の問題を端的、率直に、本質をぐさりとついた作品といってよい。『東海短歌』はわずか二四ページの小雑誌ではあるが、この号は六八九号であり、すでに六〇年近くも続いている地方誌。題字の「東海短歌」はあの沼津の施設長であった積惟勝の記したものが創刊以来続いている。「生活の中に詩を求めて」という会則が毎号掲げられている。曽根耕一は作品の他、毎号巻頭に文章を記しているが、この号では西行論を地道に論じている。須永秀生は江戸期の女流歌人について論じている。作品欄には大川規子は「沖縄を描きて日米合意とは逆ではないかと憤りわく」と歌っているのが見られたが、こうした憤りがあってこそ現代人・現代短歌の生命力と思うことである。

一九七〇年

歯ブラシをくわえてドアから首出した少年とあいさつ夜のビラまき
ガード下に町工場並ぶ狭き路地鉄と油の匂い流れる
何もかもこれからだ腹の底に思いつつ雨に濡れた歩道を歩む
さしのぞくわれに歯をむき怒り来るあわれ四匹の子を抱きし猫
パリの街反戦デモに倒れたる青年の部屋金魚静かに泳ぎおりしと
「近代」という輝く言葉時として遠き幻影に見ゆる日のあり
幼きより孤児にてあれば世に交わる術を知らずに我は育ちし
突けばふきだすだろう人の深い哀しみが運命とも境遇とも
雑役婦の職を探して安堵して横浜駅に食べたカツ丼
朝ぶろより帰りて一枚の雑巾をさすこの静寂を乱すな誰も
語らねばならぬこと多きためいきをついてはならず支配の巨大さに
寂蓼なき生き様があろうかありはしない雲が走り風が鳴る初夏の夕べ

上泉忠子　「戦いの仲間たちにささげる70首」

一度読んだだけで心に残っている短歌があるものだ。上手だからではない。しかし文学的なひらめきを感じさせるものがある短歌だ。引用した短歌は一九七〇年だからもう四〇年も前のもの。ガリ版刷りのわずか二三ページのパンフレットのようなもの。上泉忠子は父は戦死、母も早く亡く、兄弟は居らず「幼きより孤児」として育って来ている。雑役婦のような仕事をしながら生き抜いていたとか。歌集に渡辺順三が言葉を寄せて「特異な文学的才能の閃き」に注目し、「清純で豊かな詩情」があり、「じめじめした陰湿なものがなく」と評しているのは納得できる。会合で何度も会う仲間であったが言語障害でもあったのでゆっくり話し合うこともなかった。チエホフのあの小説の結びでいうなら「ミシュスよきみはどこにいるのだろう」だ。

一九六五年

中村美貴恵

悲しなどと思ふ暇なく酒を売り夜は白々とそろばんはじく
仮面など持たざるわれを哀しとも怒れる言葉遂に言はざり
わが余生よるべき店の土間をぬるセメントは春の草色にせむ
知る人の一人一人に電話して心細さに住み初むる街
十余年わが住みなれし宇部を発つ夜汽車の窓に顔かなしみて
愛もなき吾をめとりて苦しみし夫の心の身にしみる夜
忍従と孤独の中に耐へてゆく吾に静かな死よめぐりこよ
目のかぎり力のかぎり一握の小石放ちて帰る悔恨
いつまでも止めておきたき花の影光葉むれの中のくちなし
裁きえぬこともいくつか残されて吾が生きの日のながきを祈る
しめりもつ未明の空に逝きし子の名を呟きてゐたるのみなる
幾夏を異郷に迎ふる身となるも星座夜空に型くずさず

一九六五年ごろの『心の花』に発表していた中村美貴恵の作品である。宇部で酒屋さんを経営していたものか。夫と別れたあと、息子は亡くなったことが察せられる。一九六五年九月号をもって作品の発表がなく、短い活動期間ではあったが、感性が豊かで、生きてゆく真摯な姿勢は作品ににじみ出ている。息をのむ思いにさせられるところもあるが、短歌にいのちをかけている感じがして装飾性の言葉あそびなどとは無縁なのは立派。語法はいかにも半世紀前と思わせるところもあるが、引用歌だけでも良質の作品であること、そしていまほとんどの人が記憶していないだろうと思って引用してみた。

二〇一〇年

永く生きて宇宙よりの声を聞き青き地球も此の目で見たり

昼寝してうとうととして目覚むれば続きのドラマ未だ映り居り

中東に和平は遠く大びらに見本市立ち兵器売り込む

一ヶ月に一糎伸びる髪なりと染めたる際にくっきりと知る

敷布団は固きが良しと注意されマット外して一枚とする

母校より会報来たれど知り人は一人も居らず生き過ぎたるらし

シルバーカー押して散歩に出てゆけば後先になり猫はつきくる

長生きは目出度き事と人言へど足腰弱り風呂場にころぶ

待合室に眼科の患者あふれゐて半日待ちて疲れ果てたり

百までわが生きんとは思はざりき百歳となりもの忘れ多し

歌集『百歳』は日下部冨美が百歳を記念してまとめた文庫版の一冊である。七〇歳からはじめたとあとがきにはある。「短歌をやっていたお陰で惚けることもなく」とも記しているが、描写する力がしっかりしており、短歌としての詩情が巧まずして素直に出ているのは立派である。生き方もきちんとして、いたずらに味嘆に陥ることがないので、作品としての風格もある。跋文に大山敏夫は毎月『冬雷』に投稿を寄せ、「若く力強い歌」に励まされて来たことを述べているが、百歳の作品からなのである。明治四二年生まれ。筆者の健在ぶりに拍手を送るとともに、短歌の生命力はこういうところにあるとの思いも深くする。

二〇一〇年

焰ふくキューポラ一基みえてあり市街を通りぬくる処に
見る限り鋳物工場みな去りてビルディング群は駅をとりまく
ブラジルより日系の三世らがやって来て鋳物工場に慣れて働く
闇市のあのごちゃごちゃは塵ほどのことか今し思へば
新聞を読みつつ食みて菓子パンの細かき砂糖卓にこぼしぬ
ざわめくは子供御輿の歩くらむ童すくなきこの町の秋
少しばかり土ありて草の芽をいだす路の端見てけふは歩めり
お多福の笑顔は額のなかにあり笑へわらへとわれに言ふごと
短か夜の睡り足りねば束の間を電車にねむり運ばれてゆく
いさぎよく不用なるもの捨つるべし老いの暮しはかく悟らしむ

歌集『季のしづく』(二〇一〇年)は「武州川口」と副題があり、瀬在宣子のはじめての歌集。川口の街並の水彩画六ページが収められ、心のゆきとどいたリリシズムが一冊となった印象を受ける。作品は一二八首。戦後まもなくから北見志保子に師事、その後、玉城徹や國見純生らとの交流からすればかなりの数の作品があるはず。それが第一歌集としてほんのわずかな作品を選出するにとどまるのは並々ならぬ覚悟であろう。しかし、そうした覚悟などより、うるおいのある抒情は心にしみる。六〇年間の作品から選ばれた一二八首。こういう歌集のまとめ方もあるのだ。

一九九四年

誰がための情報なるや　頂きを競うメディアの内戦続く
どこまでがわれの書きうる範囲かとうねる事実の暗さに怯ゆ
取材拒否されて激しく閉じられし扉の前に暗然と立つ
いつまでもシングルである　そのことに何の不安も気負いもなきが
使い捨て情報ばかり蓄えていたみに震えているやパソコン
華やげる企業・忘られゆく企業・栄華はもろし　ふと立ち止まる
あきらかに株価は操作されておりＡＩＤＳ新薬情報踊る
日の暮れのオフィスビルから脱け殻のごとく人らは駅に群れくる
言い訳を取り繕いし受話器より最後通告のごとき怒号す
民はどこ？民は消えたり国策は密議のうちに描かれてゆく

歌集『キャリア白書』（一九九四年）は勝部祐子の第四冊目の歌集。あとがきに「今、私は女性と男性と対等に働くと言うことの意味を社会制度や企業意識の根源から考えてみたい」と記しているが、そうした意図を作品化したので、あえて「白書」と題名に託したのであろう。女性の新聞記者としてさまざまな偏見にも立ち向かい、「ある意味で甘えてきた部分」もありつつ、ひたぶるに生きて奮闘して来た証言集といってよい。「女性たちは着実に未来をみつめて歩き出している」といっているのもうなづける。涙をこらえながらであることはこの記事の中にも点綴している。「女歌」などといったあつかい方を越えた人間らしい豊かさのある歌集だと思う。

二〇一〇年

もう一度言わせてほしい神さまは何故人間ばかりを許すのか
ニュースの多くは何かの事故だ落度のすべてに人が関わる
はじめて女性と向かいあって食事をした港の汽笛が鳴っていた
聞こえ難くて筆談になってもけっこう楽しく生きている
いつどこで死んでもよい風が吹くと葉擦れの音がきこえるようだ
小さな仕合わせは近くにあってすぐやってくる　老梅が咲いた
雨が上がって世の中が明るくなった何でも来いの昼になった
俗なこととは何を言うのか上品ならばそれでよいのか　今を生きる
いつまで生きていられるのか手足をひろげて日光浴だ
自然はすべてを引き受けてくれるそのままで何もなかったように

宮崎信義の歌集『いのち』は亡くなる前に手元に残していたノートにあった作品を没後長女によってまとめられたものである。二〇〇九年一月二日宮崎信義は九六歳で亡くなったが、これらの作品は最後の一年ぐらいの期間にノートに記されたもの。引用の最後の二首は「絶筆」とあり、「もうお任せだ」と小題がある。宮崎信義の人、作品についてはことさらいうまでもなく、八〇年にわたって口語自由律一筋を書き通した長距離不倒記録者である。国鉄に職を尽くし、神戸駅長だったことも歌集『急行列車』などで親しい。そうした過去の業績もさることながら、九六歳の作品として―口語自由律のみずみずしいリズムと豊かな人生洞察の知性によってこうしたものが生まれたことに目を見張らしめるものがある。引用三首目は太宰治とのことで知られた太田靜子のこと。一七首連作中のもので治子も登場し資料的にも意味があるもの。

一九四八年

こがらしめくかぜにむかひてよろめきゆく我にはあらず凍蝶死なず
しづごころ睡りにむかふ一眼をあけて夜半の時雨ききをり
草枯にてのひらほどのちいちやなる富士がぎよろりと立ちてゐにけり
アパートの廊下吹きぬけ一陣の野分の音を病床にきく
仕事仕事われに在りしは仕事なり妻よやまひはかりそめのもの
なまけつつありと想ふな死なざればまたなすあらむ青空よ来い
なまけつつありと想ふな努めつつ力及ばず病み臥すものを
臥してなほわれの仕事にあこがるる青山街道を気負ひ往きしなり
しばらくは顔見合して木枯しのなかを来し妻のこはばれる顔
山羊の乳吾児にかくれて日毎飲むさびしきわざをなしつつ病めり

小名木綱夫の遺歌集『太鼓』（一九五〇年）に収められなかった作品の一部である。『短歌主潮』（一九四八年六月）の創刊号に「凍蝶死なず」と題して二五首載っているが、その中の一〇首。二五首中、一一首は坪野哲久の『昭和秀歌』（理論社）に引用されていて作品として『太鼓』のものより一段と優れた絶唱というべきもので、一応知られていよう。ここでは残りの中の一〇首である。あわせて読むことが望まれるが、それよりも本当は小名木綱夫全歌集として『短歌評論』、『文学評論』、『潮』時代の作品も一冊にしたいもの。この「凍蝶死なず」一連は『八雲』に載るべき原稿であったものが、三月に廃刊となり、その後継誌としての『短歌主潮』が半年後に掲載したものである。『短歌主潮』の論文・作品、論ずべきもの多くある。

二〇〇六年

ここに相見るは大正生まれのみ戦ひ死にき画業なかばに
ではわたしはここでと行けりそれだけのことにてあれど人はなつかし
戦争放棄この一条にかけにける心を熱き涙を思ふ
水しぶき上げつつ注ぐ銃弾の中を逃れて今ある命
わが銃先二メートルにまで迫りしも撃たず逃しき逃げ行きしかば
カーテンに九人それぞれ区切られて小さな娑婆よここも結局
君ありて我あり君に人を見き国を超え民族を超えてさながら
道を行きいきなり鞄を調べられることなき平和を君らよ思へ
白線の学帽は国賊と呼び込みて何のつれづれ竹刀の乱打
戦争に送られ還りし一人として戦争廃絶をわれも祈らむ

歌集『今あれば』（二〇〇六）は小市巳世司の第六歌集。一九八八年から五年間の作品作者八〇歳代はじめの作品を集める。このあと、逝去の二〇〇九年一一月までの歌集は未刊。『アララギ』のあとの『青南』の発行者として、土屋文明との深いかかわりとして周知の存在であるが、ここで『今あれば』をとりあげたのは、土屋文明の文字精神がよく生きているからである。現実に深く立ちむかい、素直に心情を述べている。虚飾に逃れることなく適確な表現力によって、人間味のある詩情を示している。二〇〇三年の八月一五日の会合で「私と戦争」と題した講演をされたが、引用歌と重なるところ多いものでよく納得できた。五首目の「わが銃先二メートル」は戦場詠として他の多くの作品と比較してみてもヒューマンな作として注目していいことだ。中国には兵士として行き、現地の省立学校で中国人少年少女らの教師もしている。人間交流の豊かな回想作品も印象的である、二〇〇九年一一月九二歳で逝去。

一九七三年

スチームにのせて置きたる弁当にかじかめる手をしばしあたたむ
掃除婦となりて一年食べ終へし弁当箱に茶を注ぎつつ
放るごと脱がれし靴を納めつつわが生業と今は肯ふ
新しき職場に変り幾日経し目にたちて刈り田に青む冬草
握りゐてぬくめるガムの一枚をわれにわかちて孫は馳せゆく
蟻塚を積みゐる蟻をよく見れば一つ一つが意志持つごとし
とび立つに高くはとばぬ番らのひょうひょうとしての刈田吹く風
ひがみ心優しく風呂に沈みをれば顔覗かせて孫が入りくる
組合なき掃除婦われらの昼餉どきシュプレヒコール遠くきこえ来
いつしかに花おさまりてささげ豆が細きながら対の実をなす

歌誌『菩提樹』の昭和四八年度合本の中から吉田妙子の作品を抜いてみた。一月号から六月号までの中のもの。夫の亡きあと、若からぬ身で掃除婦となり、仕事に励む日常や家族たち、風物などが静かにうるおい深く歌われている。華やかなところはなく、目立つ技法は感じられないが、描写力はしっかりしており、しみじみと伝わってくる詩情がある。人間が生きている。庶民のもつ生活の中のリリシズムの結実だ。この歌人、作品は今の短歌史類からは無縁であろう。しかしこういう歌人がいて、こういう短歌があったのだ、ということから考えさせれるのは、それが短歌の生命力だということである。無名なるつつましき珠玉が短歌の道のかたわらに地盤となって支えている。歌人吉田妙子はすでに亡くなっていることだろう。せめてもの手向けの一ページとしよう。

一九八六年

戦に命死すべしと別れたりき吹雪きて青き夜の窓なりき
一介の整理記者に過ぎずといふ自嘲昼を寝に来しベッドにひとり
プラカード奪はれ曳かれゆく学生を囲み声なき群集の中
発言順待つ舞台裏の暗き灯にアインシュタイン宣言のメモ読み返す
白人優先の議論に過ぎずと立上るわが目の前のインド代表
手の甲は汗にじみつつ草案の一つ主張を守らむとする
反核運動貶しめて言ふこれも一人気取りし題名の著書並びたる
学といへど言葉遊びの感ありて今日新しき説「核の冬」
科学技術を暴力なりと言い切りてビスバナタン教授雪に出でゆく
仮想敵作りて煽る策謀のひろがりゆくを夜半におそるる

河村盛明の歌集『視界』と『一つ灯』は二冊が一つの箱に収められて一九八六年になって刊行された。『視界』は一八四七年から一九六七年まで。引用した三首がそれで、『未来二十集』でも広く知られた当時の作品だ。『一つ灯』は一四年間の中断ののち一九八六年までの作品。毎日新聞広島支局長のあと放送局や広島平和文化センター理事長をつとめた時代。抒情性豊かなみずみずしい短歌の思春期から核兵器阻止の文化活動の良識ある作品群まで読むと、さながら戦後史の知性の典型の趣だ。近藤芳実は跋文で「大切な歌集」と記しているのは意味が深い。短歌を通して時代を生きてゆく人間としての情感が静かに重たく伝わってくる。言葉遊びなどではないたしかさだ。人間と時代を深く洞察する文学精神の結実である。

二〇一〇年

異常検べといふが来りて療園の不自由者棟のひと日始まる
病苦より恐ろしき法のあるを島に閉ぢ込められて知りたり
らいを病むわれを置き去り還りゆくを見送りて佇むソ蒙国境
隔離の法廃され病も癒えながら後遺症もつわれ行き処なし
わが母を投身自殺に追ひやりし強制隔離の罪裁かるべし
国旗国歌を掲げ唱ひて成人し戦に出で征きわれ捕虜となる
演壇の背後にでんと日の丸の旗ある映像多くなりたり
君が代に今はあらねば民の代に適はしき歌詞の国歌の欲しき
核被爆国日本の大臣が核保有願望を口にせり噫
太方は忘れ去るとも戦争の記憶は心の襞に残らむ

歌集『水尾』（二〇一〇年）は政石蒙の遺歌集。昭和一六年にハンセン病と判名、昭和一九年応召、昭和二二年モンゴルに抑留中にハンセン病で隔離され、残されてのちに帰還。香川県大島青松園に入所と略歴にある。短歌は『創作』『長流』に発表していたが二〇〇九年四月八五歳で没。題名の「水尾」は大島に訪れた人の船の水脈をさしている。作品は一兵士としてのモンゴルの隔離小屋から大島での苦渋に満ちた歳月が、リアルに、平明に歌われている。豊かな情感、たしかな時代認識は読者の心をうってやまない。息子を思っての母の死は悪法のもたらしたものであろう。このもと一兵士の国歌君が代批判は当然のことでもあろう。

一九七九年

われは遂に老書生として終わるべし　暖房の中　冷房の中　土岐　善麿

表むき省エネルギーを唱えつつ庶民より制限を強ひられはじむ　中野　菊夫

食物に好きも嫌いもあるものを食べねば叱る者ありうれし　長谷川ゆりえ

権力にすがらむとする老醜の極みにありてこの亡者ども　松本千代二

家いでて四百三十二歩駅までの道を楽しみてあるくとかぎらず　石黒　清介

外出より戻れば鳴りてゐし電話一歩及ばずベルは鳴りやむ　相良　義重

故しらずわがたのしくて灼熱の胸の火炎えよ生けるしるしに　桂　静子

不和なりし父母も遥けし野の朝の白き時雨に濡るるわが肩　菊地　良江

今日の職にあふれし人か道端に地下足袋のうらを見せつつねむる　大沢　とし

痺れゐて腸の具合の定まらぬ十年のあり手を当ててねむる　吉崎志保子

『周辺』の第八巻昭和五四年度の中から短歌のいくつかを抜いた。『周辺』は土岐善麿を敬愛する人たちにより、光風社書店の発行で刊行されたユニークな雑誌である。結社誌でもなく、同人誌でもなく、編集者としては冷水茂太の名があるのみ。ただ、土岐善麿は毎号論文エッセイ　短歌を載せており、中野菊夫もかなり執筆しているところからすれば、編集プランは中野菊夫あたりか。そうしたことより、この雑誌の特色は短歌作品は全体のページの二割ぐらいで、あとは随想・研究などであることだ。それぞれの分野の一流といっていい人たちが土岐さんの雑誌ということで執筆している。その中の短歌を少し引いてみたが、これだけからでも一応の雰囲気が察せられよう。『日光』『生活と芸術』『八雲』といった系統のなかでも特色のある『周辺』だ。いまこうした雑誌は生まれ難いことであろう。

二〇一一年

入院費の請求書入れて父あてに今年最後の便り書きたり

晩婚の友も仕合せになりたりと告げつつ母は吾を慰さむ

十八年病みて漸く癒え近きわれに乙女の如き夢あり

かくなるを若き日日には思はざりき片肺になりて独り老けゆく

級友は皆子等のこと話しをり子のなき我は黙しつつ聞く

鍋の蓋一つ磨きしのみなるに背の傷あとの痛む夕暮れ

子のなきは性格的に欠くるといふ言葉に幾日もこだはりてをり

異母弟ら仲睦まじく過ごせるは遺産の何もなき故と知る

つまらなき言葉に傷つき苛立ちし己が心のせまさを思ふ

病むために生まれし如き半生を嘆くでもなく庭の草とる

近衛百合子家集と題した新書版の清楚なデザインの一冊から引いてみた。一八年を療養に過ごし、片肺をとったと歌われているので結核を長く病んだことが察せられる。夫は結婚してまもなく死別してあとはひとりの暮らしで母をみとったりして時には働いたりもして過ごして来ている。しみじみとした哀感がしなやかに歌われていて心に残る作品である。気品があるのは、格別な味わい。「音楽を聞きたき日日よ楽団を指揮せし父がまなうらに顕つ」と歌われてもいるが、父は指揮者・作曲家として高名なる近衛秀麿。その長女である。といえば総理大臣の文麿を伯父にもつ家柄になるが、作品のもつ品のよさは、そうした環境によるものか。しかし作品を通してうかがえるのは、率直な人間的情感のリリシズムであり貴族風というよりもあるがままの生活感情の中からの哀歓である。飾ることなく率直な表現をしているのは、土屋文明に学ぶところ多かった経歴によるものでもあろう。今年、二〇一一年二月二六日、八九歳で逝去。歌集には祭壇に飾ったという静かに微笑した美しい写真が巻末にそえられている。

一九三〇年

農村は決して文明に救はれはゐやしないと此の榉はこういってゐる　田中島理三郎
これがありつたけの感情なのだ君を前において黙ってゐる
思ひがけもなく逢へたといふうれしさが私を饒舌にする　古川たち子
引きづられて此処まできた、突き当った壁のまへで疲れてゐる
淋しくなると想ひ出す姿、あなたはまだ死んではゐない　吉川　夏子
このままどこかへ消えてゆきたい感じ、月の光をあびてゐる
純白な割烹着きて馬鈴薯の皮むいて居る、朝の台所　間世田不二子
はしゃいだ後の寂しさ、だまって広告燈を見つめてゐた
針を刺されたやうに乳頭痛むこの暁のしんしんとした寒さ　中村智恵子
日並べてわれは寝られず　日暮れは何か怖しくてならぬ
湿っぽい夜気に頬をたたかせながら、プラタナスの並木道を無帽で通る　松村　泰太
ヒコーキ、ヒコーキ、ヒコーキ、ヒコーキ、手を挙げてゐる、人、人、人、人、
遠景の水路の土手に陽があかるしのるまん種の仔馬跳ねてゐる　中野　嘉一

朝の日光めざましく明るし遠景の丘のみどりは弾性がある

一九三〇年刊の合同歌集『十一人』からなので、〈戦後短歌史抄〉番外である。現代短歌よりも現代的ではないかと思って選んでみた。『詩歌』の新人たちの選集であり、前田夕暮が序文を書いている。「ヒコーキ」の表記は斜めに縦書き、四行。そのあとは横書きの二段。奇抜なもの。こうした表記は清水信に先例があり、当時かなり見られる。加太こうじが昭和のはじめの若者に前田夕暮はもっとも親しめる存在だったと述べていたことも察せられる。近代主義を標榜していてもモダニズム短歌などよりも生活感があり、庶民的であり、リアルのようである。

一九五三年

よう！　といへば　元気でゐたかという挨拶である　貧乏は相変らず　お互いさまだ
政治を　政治を　といふ　渇望になれて　あしたゆふべのことあやまらないか
労働者の町　島屋町　軒なみに焼けたあと　荒草のにおいが　いま鼻をうつ
軍需工場の　廃墟をうしろに　おれは立つ。白浪がはしる　この視野の涯。
しるこ　ぜんざい　売る店をすぎ　どぶをまたぎ　かちかちに凍つた焦土にふみこむ
かんかんかんかん――踏切りは鳴り　傾きしこの町にも　春　来るぞと思う
高射砲陣地のあとの　あかざ、のぢぎく　不敵に伸びて　人を寄せつけぬ。
風の音――と、ふと思つたが　たしかにきいた　拍手の嵐だ　はじまっている！
南の陽　やや乱暴にさすひとときを　すなおに待ち　もうふた月ねている
衰えて入院する日だ　破れ垣の　右に、左に　おしろいの花さいている

萩原大助は一九一三年山梨県生まれ。中学卒業後大阪の南海電鉄の車掌となり一〇年間勤務。その間労働運動に参加、文化サークルなどでも活躍。捕えられたりもしている。戦後になって積極的な活動に従事。まもなく発病し、一九四九年大阪療養所で死去。三四歳。短歌は昭和九年ごろの『短歌評論』から作品発表。早くから注目される存在であった。感性豊かな労働者的短歌の傑作だ。そのころの短歌は昭和一〇年代抵抗期の短歌として論ずべき資料だが、ここでは戦後作品を引いた。いずれもこの時代への抵抗の意志が柔軟性のある発想でとらえている。個性的である。『萩原大助歌集』は没後一九五三年になってガリ版印刷一四九ページで一冊となったもの。仮名づかい表記が一定していないのはこの時代らしさ。最近活字印刷で復刻されたのはいいが、定価七〇円に送料百円となっている。原本では送料一〇円。たいしたことではないが、本代より高い送料のミスは時代認識の差か。

一九九六年

いまだ会はぬ　わが友きみよ　過ぐる日の大きいくさを　侵略戦と　よくぞ　言ひける
不義の戦と　よくぞ　書きける　たたかひの拡がりし日に　たたかひをやめよと説きて
捕はれしわが若き日の　大阪の堺の獄に　牧師ありき　天理本道ありき　青年団員、労働
党員　幾十の朝鮮人ありき　国内の反戦論者　捕はれし　男をみなは　この国に幾万なり
しか　あはれ、このよき愛国者たちよ、愛国者たちよ
反歌　頭下げず「終戦の詔勅」をわれは聞く　堺刑務所中央広場に
　放たれて比露志先生をわれは訪ひき　われあやまつと　いひませり先生は
　半世紀過ぎて細川総理大臣あはれ、あはれ　侵略戦争ありしとぞいふ

長歌集『長歌春秋』は経済学者であり、奈良県立大の学長として知られた内田穣吉の著作である。全編四一首の長歌があり、反歌がある。引用したのは「家永三郎さん」と題した長歌二編の（二）にあたるもの。教科書裁判の時期である。作品は明快、端的に不正への怒りを示して、日本近代史をあらためて考えさせられるヒューマンな姿勢がにじみ出ている。（一）では家永三郎を主として歌い、この（二）では敗戦まで獄にとらわれていた体験をふまえて真の愛国者たちの存在を訴えている。この堺刑務所の獄中歌は歌集『たたかひの獄』（一九四八年）にまとめられているが、この長歌では「愛国者」として高らかに歌いあげている意味は大きい。戦争責任の問題は現在においても論じられる歴史的課題であるが、内田穣吉をはじめとするこうした真実を貫き生き、そして苦難に耐えたひとたちも少なからずいたことを忘れてはなるまい。日本の歴史の真実がここに生きている。反歌の「比露志先生」とは政治学者であり歌誌『あけび』の主宰でもあった花田比露志である。

一九八四年

森田真千子

階段の下からみあげる私の横を　なにげなくかけあがる人がいて
人の視線がいたかったあの頃　こだわり続けた車いすの私
顎でタイプにしがみつきまる三日　手にした千円札が大きくみえる
口で書くまねしたがる子　私は手を使いたいのに
じゃがいも角切りにする　ちょっと固くて包丁をかみしめながら
くふうしだいで台所にも入れることを知った　坐ったままで蛇口もひねる
やさしい色をそっと作り出したくて　絵の具のキャップを口でひねる
くじ運の弱さはどうしようもない　十万人に七人の障害確率で生まれた私
必要ないならという声も聞こえないふりをして　毎月女として生きている
愛されることはないと思っても　今日の服装を気にかける　鏡に写す身障の体

歌集『心の掌』は重度の四肢障害者である森田真千子のはじめての歌集。手も足も不自由なので、口を使って字を書き、絵も画いている。絵画では障害者の絵画展ばかりではなく、一般の公募展にも入選したりしているのだから豊かな芸術的資質をもっている人であろう。短歌は一七歳のとき、口語自由律の宮崎信義のもとで学び、二七歳でまとめたのが『心の掌』である。口語発想でのびのびと歌われていて、四肢不自由の苦難も文学性高く、しなやかに自在で心にしみる作となっている。口で包丁をくわえて炊事をしたりもするのだ。九首目の作などは女性としての哀感が切なく、明るく歌われていて、生き方のしっかりしたところを示している。障害の心境をこのように歌いあげているのは立派だ。いわゆる病床詠といった伝統的なものとは類を異にする人間的豊かさを感じさせる短歌だ。短歌の生命力も感じさせる。

二〇〇〇年

拡散の無きを言ひ張り溜りゆく核廃棄物船に積み出す

金属疲労ひそかに進む原子炉の建屋見て立つ段丘の上

放射能の洩れの有無に口つぐみ原発の町所得うるほふ

原子炉を巡り吐き出す冷却の水おびただし海にあらがふ

放射能の恐怖か過疎の振興か原発の是非問はれて黙す

疲弊せし炉に再生原子を焚くといふ裏切りの所作吾の許せず

原子炉の冷却水を吐き出す辺りに海星《ひとで》の殖ゆるは何ぞ

途方もなき高勢力持つ原子炉の旧りつつ常に何かが起る

二米余の混凝土《コンクリート》徹すセシュームといふスペクトル尋常ならず

放射能物質詰めしドラム缶地下に蔵して段丘しづか

東海正史の歌集『時空への旅』は二〇〇〇年三月の刊行になり、作品は一九九三年からのものを収めている。二〇〇一年三月一一日の発行日付は、福島原発崩壊のちょうど一〇年前の日ということとなる。作品の制作時はさらにその数年前である。福島県浪江町に住む作者にとっては身近なことととして原子炉の危険をこうして訴え続けてきていたのである。こうした切実な訴えを読むと、原発推進の人たちはずいぶんと鈍感であったと思わせられる。そして「想定外」の津波と言いのがれをしているのをみると、決して「想定外」なのではなく、責任のがれの言葉だと思わざるを得ない。放射能入りドラム缶を地に埋めていることとの危惧はいまも変ることのない状況はどのように考えたらいいのか。数百年そのままにするしかないともいわれている。『時空への旅』を読むとこうした原発反対の意志表示に耳をかそうともなかった推進派の責任を思うとともに、地域の振興ということで黙殺され、沈黙させられて来た日本社会の貧しさを思うのである。重たい意味をもっている一冊である。

一九八五年

野火赤し暗き地平や戦死せる兵のおもかげいまだに消えず
責任を負はざる者の典型の楼上にして帽子振るはや
日本を救はむとして日本を奈落におとせし雪の夜の惨
被害者にして加害者たりし悲しみの一生続けり兵たりしわれ
中国の、庶民の弱さ悲しみを嗤ひつつ哭く「阿Q正伝」
国民の生命より条約を重んずる国あり列島は梅雨に入りたり
教師なりし我なれ再び「忠良なる巨民」とせし愛しき子らよ
目かくしも拒否し学生は叫びたり「東洋鬼子《トンヤンクイズ》」銃殺の前
辿り来し〈清野空舎〉の小部落隊のみ動く弦月寒し
直として軍用道路の命くだる土民の墓など容赦するなく

歌集『石の声』

松本千代二は白秋の『多磨』創刊から終刊まで在籍、その後はいくつかの雑誌を経て『存在』を創刊し、亡くなるまで作品に論に、特色ある文学精神を示した。千葉県の高校長のあと教育研究所長など教育の分野で堅実なる仕事をして来たひとだ。千葉の教育界では広く知られた存在であったが、わたしにとっては『地平線』『存在』の歌人として、会えば通じ合えるよき先輩であった。時代の動向への厳しい批判は古武士の趣き。車椅子の氏と語り合った記憶なお忘れ難しだ。引用作品の「清野空舎」は日本軍が人家などを利用できぬようにする政策と注がある。「被害者にして加害者」という歴史認識に立っての戦争批判であり、それだけに訴えてくるものは心をうつ。白秋門では岩間正男と同じ仲間だ。年齢・教職ということばかりでなく、白秋のしたたかなる文学精神を体得し、発展させた歌人として。

一九七四年

ぬか雨にプラットホームの砂利が濡れている、海辺の駅のわずかな停車
暗い座席に週刊雑誌を読み捨てて見おろす川は、白い泡だち
青年と並んで食卓についた娘が、ぼくには見せない笑いを見せる
赴任する黒いスーツの娘と並んでゆく、君は死んだ君のお父さんのことはひと言も口にしない娘だった
マラソンの若者一人、赤信号でかたまる中に脚挨ねている
目を閉じれば耳元に鳴る風がある　うなじをかげってゆく雲がある
静かでいい町ですねと話かけると、静かがいいかねと老人のかたい声がかえってきた
自分で自分を責めさえしなければ、係長であり委員長であり共済会長でさえある
「なるべく事を荒立てない方がいいですよ」頭のはげたぼくより大人のような顔をして
自分の文体を持たない奴に自分の思想があってたまるかと、お前は今晩何にたかぶる

金丸辰雄の歌集『風が少し出た』は企業の中間管理職にある著者の日常生活がリアルに、味わい深く歌われている一冊である。著者自ら「歌はごらんのとおり日常生活の起伏を日常語で伝えようとしただけ」と遠慮した口ぶりで記している通りであるが、その根底には引用最後の一首、巻末の一首でもあるが、「自分の文体」を持つ文学精神は心の底にたしかであった。しなやかな口語発想が深い人間洞察力をもって詩情豊かなものとなっている。一九五〇年代に著者がはじめて発表した作品に驚きながら感動したものだが、今、懐しくいい歌集だったとふりかえることである。陰翳の深い生活感情の結実は心にしみてくるものだ。口語短歌史としてもひとつの結実。

一九九一年

秋の蠅ひそと来て地球儀のサハラ砂漠にへばりつきしが

なにカント？　ヘーゲル？　ケッ笑はせるな　音すさまじく沢庵を噛む

ロマンスはここに無いのさ汚れたる襯衣《シャツ》を脱ぎつつひとりつぶやく

うらぶれし遊びのごと振舞ひて暖簾をくぐる悲しき動作

ぎらぎらと腐りし魚の眼のごとき工場の街の朝ぼらけかな

そこに映す橋の影だに定かならず墨東の河、濁りに濁る

焼鳥、焼酎、怒号、叫喚、安香水、墨東の夜は果つるともなく

なにかかうすべてが嘘めく不安あり吊皮に支えし五体の重く

一日とて思はざりし日なかりしを花の三月　雨の六月

なにやらむ叙すべからざる想ひあり天鵞絨《びろうど》の香り？洋燈《らむぷ》の火照り？

歌集『北風の言葉』（一九九一年）の著者澤野勝也は早大西洋哲学科を中退し、出版社勤務、小説集の刊行がある。短歌は二〇代、三〇代に間歇的に作っていたが、「短歌と袂別する」思いから一冊にまとめたものである。短歌というものが「天皇制に代表される日本固有の没論理の蛮風の温床であり、体制の安全弁」とあとがきに記す思想と意欲の傷痕の趣きの歌集である。「蛮風」と言い切るたしかな理性はしたたかなもの。しかし作品は人間らしい豊かな情感がみずみずしい。いささか自堕落な生活ぶりを示しながら、決してニヒルではない。小熊秀雄風の痛烈な諷刺が啄木風の抒情性に支えられた文学精神といってよいもの。結びにある夫婦像もユニーク。

あなたよりよほどわたしが労働者的よ！　襁褓替《むつき》へつつ妻うそぶけり

一九六〇年

食器が重い　尿器がおもい　布団がおもい　だが耐えるほか生きようはない。
かけすが鳴き　葡萄がゆれ　病舎の屋根を　また蜻蛉が乗りこえていく。
苦しむことで　安易な満足をしてないか、咳にさめた眼　夜空に凝らす。
咳　疾に　ひるむこころ取りなおす、痰喀いているのも　生きている時間だ。
よろこび　悲しみ　憤る心があり、まだ僕にも　生きる資格がある。
ストマイの射ちどこに困ると　笑われて　いっしょに笑い　痩せ腕また出す。
眠剤はつとめて用いず　咳とまれば　朝でも昼でも　のがさずねむる。
大人げなく人を憎み夜がきた、（生きた）とは　嘘にも言えぬ。
咳に苦しみ　痰に苦しみ　さびしがれば　朝の光りは　生きろと光る。
喀血する肺をかかえ　生きてきて（生きてよかった）と言いたい　死ぬとき。

島村福太郎は早稲田大学商学部在学中に喀血、療養生活を送るようになる。昭和一八年からずっと寝たきりの生活の一八年目にしてまとめたのが歌集『療養四季』である。重症の個室ベッドでの咳や痰に苦しみながらの短歌作品が、じめじめしたところがなく、あるがままを歌いあげている。口語発想で、発表の掲載は三行、四行となっていて、軽快な印象を与える。宗教的な達観というものでもなく、リアリストとして徹底し、さらに人間信頼の豊かな世界観を身につけていたからであろうと思われる。松川事件やビキニ原爆、安保条約への批判を率直に、しなやかに歌っている作もあるのだ。大学時代の師である服部嘉香が涙なしには読めない歌集としてその感銘を書評で記した一冊である。療養歌集は多くあるが、この『療養四季』の人間性の高さ、豊かな詩性、強靱な精神は格別だ。

二〇〇九年

やり場なき怒り持つまま帰路につく五月の風よ吾が頬なぶれ

再生可能エネルギー国際会議はじまりて地球の悲鳴に応えているか

企業原理と言う名のもとの合併か働く社員は知らざるままに

インターネットに溢れる情報ありながら検索に揶揄されている吾

お茶汲みは死語ともなりしオフィスに雇用均等法の解釈の差異

シュレッダーの屑山いくつも作りつつプロジェクト終了この虚脱感

終身雇用はすでに遠くなりてきて愛社精神も薄らぎてゆく

パスワード朝一番に打ち込みて連休あけの頭脳始動す

「機密文書《コンフィデンシャル》」と次々メールで届く文書緊張感は徐々に薄れる

いくつもの懸案書類卓上にありて頬杖をつく休み明け

個人情報機密情報情報保護息苦しくて安全となす

細かくも互いに駆け引きしながらも条件つめて会合終わる

歌集「朝のプラットフォーム」(二〇〇九年)は奥野玲子が日常生活を素直にとらえた仕事の歌である。仕事といっても、ひと昔前の事務所とは異なり、コンピーターを駆使することが大部分のようである。製造業ではなく、人材関係の世界的情報をやりとりするような仕事ののようだ。よくはわからないが、いかにも現代の企業で働く中間管理職のような立場が、飾るところなくあるがままにとらえられていて、なるほどと思わせられる。あの「夜のプラットフォーム」という歌曲の作詞者奥野椰子夫の縁者であり、それが「朝のプラットフォーム」にしたゆかりにもなっているようだが、それを思いあわせるとおもしろい差ではある。歌人ではなく素人の愛好者と本人は謙遜しているが、それゆえに歌集として心に残るものがある。現代的労働の真実が光っているからである。

一九六二年

基地めぐり終えきて今宵脱ぐ義足生けるがごとく熱もちており
キャタピラに踏みしだかれし母子草泥まみれにてなお咲かんとす
雑木々のむらがる薮に まぎれなく匂いを放つ若木山椒
鈴木登喜雄

紫の小さき花をちりばめしこの紫蘇むらに秋の光来よ
寺田　泰子

地吹雪の吹きかえしくる麓駅声昂ぶりて出発喚呼す
永井　敏衛

残酷なまでに自己をばみつめ生くる君なりわれの深みゆく愛
野田とし子

幾百の遺体焼きつつ過熱せしカマドを離れぬヤマの遺児たち
藤川　英明

マレツプに刺されし鮭は水上の渦をめざしぬ鮮血をひき
若森春太郎

中世の奴隷にあらず手刷機を押しつつ唄う民独の歌
佐藤　早苗

沖よりのはげしき雨に在る一つ機帆船体の巨き残骸
浜田　初広

入会の権利争いし五十年自然あり農民あり生くる日の限り
清水　　常

決めしことかなうまで歩け訪ねて話せぽっぽ雪ふる夜夜のたたかい
村雲貴枝子

これらは坪野哲久が選者として一九六〇年代のはじめ担当した新聞赤旗日曜版の歌壇作品である。新聞歌壇を年度毎にまとめたのは朝日―毎日―読売などそれぞれあり、いずれもその時代のその時期に歌われた短歌として短歌の社会精神史的意味があるが、それとともに、それぞれの選者の特色がよくうかがえるものである。哲久は選出の評として「ここに掲げた作品は、その力と熱と誠実さにおいてみごとな出来ばえであると信じます」としているが、こうした評語は哲久ならではのもの、こうした視点は現在の短歌界にはあまり見られないだろう。「生き方」の問題ともいい、心得としてはまだ「序の口」であることを覚悟せよともうながしている。「たましいの痛み」に触れよ、とも。半世紀経た今日、こうした無名の先人たちの作品を前にして考えさせられることは少なくない。そしてまた哲久の文学精神も。

一九八一年

人が人に許可を下して天空を侵す高層のビル建つるなり

高々と朱の鉄骨を組み立てて区分なしゆく空なる処

くさぐさの麗句並べて空間を売るマンションの広告作る

壁芯より壁芯までを持分とせめてやさしき声音にて説く

海沿いのわれの生家に押寄する波は親しき音を上げながら

白菜に垂す醤油の香りにも似たる想いが吾を制する

然らばとて古き女と居直れず人にはいわぬ思慕を重ねて

一肌を脱ぎたるような感触の虫がうごめく小さな箱に

曇天を映して暗きみずうみの面がかすかな風にさわだつ

領事館通りを風に吹かれゆくシメントリーにならぬ影引き

今おきて為す時はなき焦燥に血の色なして秋の日が落つ

売り犬と同じ高さに屈まりて見つめあいたりバス待つ間

一九八〇年代には全国的に小グループの同人誌がかなり出ていた。『波動』は九州の熊本在住の寺内実・友永はるひ、佐賀の関家小夜子、福岡の槇辺玲二らの勉強会のような手書きの小冊子である。一人三〇首ぐらいずつ。いずれも三〇代四〇代ぐらいか。寺内、槇辺、関家の作品は以前とりあげているのでここでは友永はるひの作品から一二首だけ抜いた。不動産関係の仕事をしている女性のようだ。いずれも感覚が斬新で、それでいてリアリティのある表現力を示している。積み上げた下のほうから引き出して読みかえした一冊だが、この時代のリリシズムがよくうかがえるものだ。これくらいの力量、資質の持主は結構いた時代ともいえるが、それらは修辞的軽妙の荒い風に吹かれて短歌を持続させることなく過ぎてしまったようだ。

一九八二年

覆い深き管制灯火の下　地図あけて　火薬庫近き不安を語る
入院費かさむをおそれ　キズぐちの癒着は待てず　児を抱いて帰る
雨の日曜　軒におむつ垂れ下り　ファーブルよめば　わが生活も虫にひとしく
八月の家賃も　払ひかねて居れば　造作の不手際など　目についてならぬ
仕事なく　また早退けだ　残暑の街なか　市場から戻る妻に出くわす
そこにもここも灯りがもれて怒鳴られている　傾いた家　雨戸もなき家
闇空に　爆音とどろき　貧しき故にもれる光を　必死に覆ふ
機械の震動に　傾き遅れた柱時計を　仰ぎいらだつ　終業間際
薄給に堪へず　ひとりまたひとり転職だ　隣接する　軍需地帯に吸はれこむのだ
紙幣刷り債券刷り　まづしい友よ　薬局のビラ刷る俺は――胃弱

ここに引用したのは高橋政次が治安維持法違反として検挙され、裁判の予審終決定書の中に記載されている作品である。一九首記載されている中から一〇首だけ引いたが、元は『短歌評論』の昭和一三年・一四年に発表した作品である。高橋政次は群馬県に生まれ、上京して共同印刷で働き、争議によって検挙され、懲役三年となった。出獄して小印刷工場に勤めたが、短歌作品はその時期のもの。昭和一六年『短歌評論』グループとして検挙され懲役三年の実刑判決。満期出獄したのは昭和二〇年三月、その年の一二月死去。年譜には拷問による取調べにより調書を作成されたことも記されてある。軍国主義官憲による戦争犠牲者のひとりといっていい。生き残った夫人がまとめた歌集によりここに引用したが、これらの真情あふるる短歌によって拷問、懲役三年なのである。遺歌集としてまとめられたのは一九八二年のことである。

二〇一二年

恒例の春の集いに話し合う沖縄の基地六十年安保

思いがけぬ妨げに合い息をのむ九条かくもきらう人いて

その昔空突き上げしこぶしにて杖にすがれど意気おとろえず

寄居駅のホームを機銃掃射してあざけるように米機去りゆく

深夜二時人も機械も疲れ果て切れたベルトがぴしと背を打つ

今踏みしは人の屍か空襲の火に追われつつ瞬時息呑む

バケツリレー火叩き訓練受けたのに何故生かさぬと怒る会長

石投げてでもB29を叩き落とせ国防婦人会長声荒く言う

焼ける街見捨てて逃げる非国民敵前逃亡と罵しられたり

子猫らにどう伝えるか吾れ何時か逝きて帰らぬ日のあることを

纏《まと》い着く諸々のもの見送りて九十歳の今が青春

歌集『九十歳のつぶやき』は大野英子が九〇歳になったの機会にまとめたもの。巻末の経歴によれば、埼玉県本庄生まれで一九八三年まで教職にあり、途中戦争中に二年ほど旋盤工にもなっている。障害児学級担任の時期もあり、児童文学関係の著作もある。何よりものこの歌集の特色は広い視野と豊かな人間性によって、九〇年を生きて来た日本の女性の典型となっていることだ。国防婦人会のことをテーマにした巻末の作品など、軍国主義下の庶民の断面がよくうかがえる。歴史的展望を見すえているだけに詠嘆的な老境になっていないのは立派。あとがきには多くの友人たちの名を親しく記しているが、結びは二〇匹あまりの野良猫たちにも声をかけている

二〇〇九年

つゆ草の重く垂れつつ湿りくる朝より黙し夕べとなりぬ

この音色聾唖の兄に一度でも聞かせやりたしベートーヴェンのヴァイオリンソナタ

花咲くが遅きこの春吾が庭にあまたの雑草の茂り茂りぬ

皿の音スプーンの音も何のその聞えぬ兄のフルコース料理

味わいは何ということもなしネーミングのみが複雑となりて

口あけず「君が代」歌わねば罰受ける文明国の民主主義なり

拍手するあまたの人に諾えず一人むなしくステージ睨む

口早に勝手な論をまくし立て前代未聞の強行採択続く

戦争景気の到来をひたすら望みいる肥えたる豚の更に肥えゆく

強き意志持ちて護らん憲法は神ならぬ人間がつくりし法ゆえ

今にしてイラクの攻撃の非を認む然して為す術既に無かりき

階段に躓き転ぶを手始めにガス火を点けて消すを怠る

北海道札幌にある「こまくさ短歌会」の合同歌集（二〇〇九年刊）は一一人の短歌が収められている。参加者により作品数は異なり、三〇数首から三〇〇余首とさまざま。経歴差を示すものであろうか。一一人が内田弘（新アララギ）の元に月二回集って励んできた一〇年ほどの成果である。多少の差はあるにしても一一人の作風はいずれも生活に根ざした地道な描写力がうかがえて短歌の今日的存在を感じさせるものとなっている。ここでは戸澤康子の三〇〇余首から引いたが、現代に生きる者の情感が知性たしかに歌われ、心にしみる高齢者の作品となっている。素直に自分を見つめ、人間を描写するとともに、社会的視野もしっかりしていて、古風な老いの歌ではない。修辞に遊ぶ現代的潮流とも異るもの。こうした短歌が文学として生命力となるものだろう。

二〇一三年

身の芯が遠こがらしに鳴るやうな気がして庭の日溜まりに居る
腐肉くらう嘴太鴉の群れてきて庭木は抗ふごとく揺れたり
集団のちからに羽を光らせてイカルの群は丘を越えてゆく
いさかひて茶碗を吾に投げつけしその激しさの戻り来たれよ
ながく長く共に暮らしぬ、お互いに傷つけあつて生きてゐた日々
老いて醜くなるまで耐へて生きのびた　もう人生に望みなどない
八十九歳　悔しく生きてもう自死を敗北なりとわれは思はず
妻と造り住みたる家に火をはなち火中に死なむひとりの我は
幸福であったかどうか　すべもなく涙ながれてお前を思ふ
死ぬときは誰も孤独だ　あきらめてひとりで生きる覚悟をきめた
施設には生活なしと嘆きたる人の心のさびしさも知る
なほ我は生きてゆくべし体内の死がはらわたを喰ひ尽くすまで

米口實の歌集『惜命』は二〇一三年一月九日付の著者の後記があるが、そえられた遺族の挨拶状により、一月一五日夜、逝去したとのことである。著者としては最期の歌集は見ることもかなわなかったのである。妻を亡くしたあとはひとりで暮らし、肺癌の病巣転移で余命いくばくもないこと承知し、ひたぶるに歌い続けた一冊である。妻を思い、生と死を思い、凄絶ともいえる自己凝視の結実は深い感銘を与えずにはおかない。著者は学徒動員で戦場に赴き、生き残った世代のひとり。歌集結末の「嘆きつつ乳房を我に委ねたるをみなのこともいまはまぼろし」は死を前にした人間賛歌のロマンだ。

二〇一一年

「まもなく……」と駅名がまた告げられる　緑の野面抜けてゆきます
真白にしぶく滝にもふりかかる雨は自在にこの世を濡らす
「やむをえぬ攻撃」といふ言葉ありきまた耳馴るるを恐るる夕べ
さつきから聞こえてゐますほととぎすしだいに明ける山の家にて
目にみせて教へてくるるかのやうに咲きてすなはち夏つばき落つ
基地に着く低空飛行の米軍機を身を屈め避けき車の中にて
軍事費を削れませんか戦争を避けるには対話するしかないよ
知ってるかとふくろふが鳴く森の奥知らなくてよいことだってある
なほもわれらを待つてをるのか原発の五十五基かかへて起こりくること
亀ヶ谷坂ゆく人の声あかるし鎌倉はまた緑めぐり来

木村雅子歌集『夏つばき』（二〇一一年）から引用したが、これだけでも清新な情感が素直にまとめられ、現代に生きている人間らしい知性もよくうかがえるものだろう。豊かな感受性が初々しい表現となっていて親しい思いとなる。この親近感は抒情詩のもっとも大切な要素であるが、これは何かから学ぶというより資質的なものだろう。「青丘を水穂を読みて山荘に今宵はすこし酔ひて月みる」という作からも、青丘を父とし、水穂を祖父とする歌の家に生まれ育っていることがわかるが、水穂よりも青丘の文学精神を強く感じさせる。『潮音』は現代短歌の空騒ぎを突き抜けてゆく文学性を示してゆくだろうという期待もされる。『潮音』の歌風や文学主張なるものは、かつては日本的象徴として知られて来てはいるが、多くの結社誌同様、実作の多様化がうかがえる現在ではある。太田青丘は長い伝統のある『潮音』に今日的文学方法を示して先年逝いたのだが、後継ぎに注目するのもそのため。

一九六六年

この町に生まれし蝉か。行くところなく、煤煙の空に鳴きいる
鉄筋の倉庫の陰に傾きし家あり。我は高く荷を積む
大学は通うことさえ切なかり。いまだ未婚の姉の力で
黙々と古きベンチにペンキ屋はペンキ塗りおり。雑踏のなか
ひとつひとつ　路面に枯れ葉張りつけり。われひとり行く雨後の坂道
病室の患者と親しく言葉交わし　意外に明るき　病室の母
真夜中の思惟のからまり、苦しさに家を出でたり。明き月影
頭下げ奨学金を受け取りて、冬日眩しき中庭に出る
婚期を過ぎし姉の洗いしブラウスが白く、かすかに風に揺れおり
ひしがれて生きてはならず。青空が見たくて冬の窓開け放つ
傍観の良心　激しく胸打つも、われは越ゆるべし　近藤芳美
突き詰めて政治の貧困　わが言えば、君は激しき言葉を返す
安らかに眠れる母よ。生受けし　我が憎しみは気づかずにあれ

歌集『遠い日のうた』は宮本清が一〇代から二〇代の学生時代の短歌をまとめたもの。引用の作品は一九六六年に国学院大学に入学してからの四年間の作品から。岸上大作のすぐあとの世代である。国学院短歌のなかでもナイーヴな初々しい情感がしなやかに歌われていて特色があるが、当時としては時流にそぐわぬようにあつかわれたか。今の大学短歌とも異なるもの。しかし、いま読み返してみてもこの時期の若い世代の抒情性豊かな哀感に共感を覚える。文学として大切なものがあるからだろう。

二〇一三年

小野雅子

本棚のどこより抜きしか分からなくなりぬ左右の本の圧力

十九ページまで読みたれば下車駅となりぬ栞のなければ覚ゆ

リストラにあひたる人かスーツ着て無器用にビラ街にて配る

百三十年前の人より千年前の人の気持が分かるのはなぜ

誰も見てゐぬか誰かが見てゐるか金に輝く上弦の月

静かなる夕べを映し空よりもむしろ明るき運河のおもて

封筒に入れてレンジでチンすればよしと露店に食べ方をきく

シャンプーを泡立てて思ふ自分では洗へなくなる日の来ることを

年越しの夜を煌煌と灯せるは自動販売機のみのわが町

直線で国境地図に描かれてよりアフリカの悲しみつづく

歌集『白梅』（二〇一三年）は小野茂樹夫人の四冊目の歌集である。小野茂樹は抒情性豊かな優れた資質の歌人として注目された存在であったが交通事故で三〇代はじめに逝去。没後の歌集には残されたひとり娘との日日を歌い、亡き人への追憶が点綴していたが、この四冊目ではその娘が嫁ぎ、孫誕生を迎えたことが静かに歌われていて味わい深い。ただ、そうしたこともさることながら引用歌が示す通り、生を深く見つめ、こだわりなくその機微を素直にとらえているのは格別である。哀感のあるリリシズムはしなやかで、修辞に傾いた現代流とは異なるもの。

二〇一三年

はためける巨き襤褸の旗として仰ぐ憲法第九条を

九条の論理を異国で語るなり貧しけれどもわれの英語で

周到に謀られ母なる日本が武器売る国に変はりゆく見ゆ

明らかに異形の国に成り果てし遠き母なる日本を憎む

朝焼けのロンドンの塔眺めつつテムズを渡り金融街《シティ》へ向かふ

極東の核の脅威を執拗に問ふ投資家に今朝も会ひたり

発音で出自が知れるイギリスの階級社会を強く憎めり

日英のいづれ母国と呼ぶならむ二十年後の我の娘は

拉致よりも慰安婦のこと重視する記事を載せたる英字紙のあり

離れ住む自閉症児の吾子のため週に一度の絵手紙を書く

九条の不戦の誓ひ誇りつつ日本人たり異国にわれは

戦はぬ勇気を勇気と思はざる普通の国に成り果ててゆく

渡辺幸一の歌集『イギリス』から。知的障害を持つ息子のため、よりよい教育と生活環境を求めイギリスに移住し、イギリスの国籍もとった著者。仕事は「金融街」での金融に関することのようだ。イギリスに移住することで、国際的に日本の現状・位置がよく見えるということであろう。誠実な見識をもって日本を見、イギリスを見、家族の生活をうるおい深く歌いあげている。現代の歌集として、世界に通用する知性たしかな、そしてすぐれたリリシズの結実として評価すべき一冊である。

二〇一三年

粗相して泣き出す母を慰めつ励ましつわが眼濡れゆかんとす
くちをしき時代に生まれ合はせける耳は軍靴の響き忘れず
葬り日の段取り希望などを聞きあと笑ひ合ひ老母とふたり
『残照の丘』

叱咤激励母なる老に声荒げ萎えたる足を立たしめんとす
子育てをなさざりしわれはおろおろと母の襁褓を替へんとしをり
九十三年生きたる母が「もういらない」と言へり命を養ふ飯を
いのち一滴余さず生きて尊厳死遂げたり看取るわれに応へて
『涅槃西風』

憲法九条世界の宝となる日来よ武器持たぬ手は花あふれしめ
密約ありし国に生かされゐる我ら原潜堂々と入港し来る
店主に小さく合図しいつもの席につくそれだけで今日もランチ楽しき
『ひぐらしの森』

山本かね子の全歌集が刊行されたので六〇年に及ぶこれまでの短歌を通して読むことができた。戦争末期に女学校を卒業して働きはじめ、ひとり娘として父が亡くなったあとは母と二人で自分で働き支えて来たのである。母の介護で結婚する機会もないまま、最期まで看取り九三歳の尊厳死を見送る。作者は六九歳となっていた。京都の寂常照光寺には「平和を守り女ひとり生きる」と刻した碑があるが、戦後まもなく結婚する機会も失いひとり暮らしを余儀なくされた女性たちは、戦争犠牲者のひとりであることを痛感してのもの。山本かね子もそれにあたる。ただ、母の介護も加わっており、それが味わい深い短歌として結実しているのは格別である。知性確かな時代批評の精神が貫かれ、短歌によって時代を生き抜く女性の姿がよくうかがえる。一二冊の全歌集にはヒューマンな優しい心がしなやかなリリシズムによって結実し、読む者に深い感動を与える。切なく、うるおいのある人生賛歌なのである。

一九五二年

あたらしきレインシューズに面はゆく梅雨に入りたる道を歩むも
ぬひものに余念なかりしひとときを瓶の菖蒲の花ほぐれたり
うつくしくひいでしものにひかれゆく父の心にすべなかりし母
母の異なるきょうだい達のひそやかにひとらにまじり焼香しをり
父の愛うばひし人の子等のみな面だち清く成人したり
なめらかなる目鼻のあひにふるさとのものをしめして朝鮮の婦人
母の死より一周忌もいまだすまざるに父は再婚したりと告げくる
わが母が職人風情と恥ぢたりし祖父は植惣とふ庭作りなり
この家のさるすべりのふとき床柱は祖父が父母におくりしものなり
元日のしづかなる昼を臥し居りてラジオより流れるかぞへ歌きく
誰か外でひとりづきするらし幾度かくるくる舞ひつつ羽根が降りくる
我がねぎごと言ふ間落ちねば叶ふべしとはねつく音を臥して聞き居り

邑いづみの作品を古い「短詩形文学」から引いた。この欄は他の雑誌から引くことにしているので番外になるが、懐かしい思いがよみがえりバックナンバーをふりかえってみた。作者は大正一二年生まれ。長く病臥の身であり、これらの作品のあと亡くなったのではなかったか。消息はよく知らない。しかし作品は頭の中に残っていて、装飾過多の修辞に凝った当世流の短歌に首をかしげるとき、短歌の本道をつつましく、厳しく気品をもって歌って人知れず逝ったひととして、よみがえるのである。人間を見る深い眼。しなやかなリリシズム。六〇年前の短歌は遠い夜空につつましくまたたく星となっている。

二〇一三年

妹の電話の声は熱帯びてしきりに勧めるセカンドオピニオン
幾日か熱のなき日の続くこと感謝をしつつ洗いものする
籠る日々の心を少し明るくす部屋のカーテン新しくして
目をつむり呪文を唱えるその間何かが後に寄りくるような
寝返りを幾度となく繰り返し熱高き身をもて余す夜
激痛も高熱も去りようやくに身体の中から気力湧きくる
あの人が強い日本というたびに心が痛む身体が縮む
こんなにも咲いていたのか沈丁花いくらか痛み治まりし朝
九条署名集めることを快く受けくれし人ひとり増えたり
敵一機頭上を過ぐとメモのある木下杢太郎のわさびのスケッチ
腰かけたままに手を上げ体操す窓より吹きくる五月の風よ
迷う気持ちよくわかりますと前置きし医師は再び言葉を尽くす
夏の日のぎらぎら照るを日陰よりそっと見ているそれしかなくて

「木曜会短歌」は川口から出ている月刊同人誌。八人のメンバーの中の須田英子の作品から引いた。病床詠として味わい深い短歌である。すでに永く病んでいてなかなか治癒しない難病のようだが、その歌い方は深く沈潜して自分をみつめている。けっして閉鎖的ではなく、虚無とはなっていない。表現はしなやかな抒情性に満ちている。広く社会を見ている。「木下杢太郎のわさび」は「短詩形文学」四月号の表紙に小さく記されていた言葉。本誌の購読者のひとりであろうが、目のつけどころはこの作者らしさだ。御自愛を祈るといいたいところだが、それよりも静謐な写実と謙虚な抒情の意味を考えさせられるのである。

二〇一三年

〈無用の用〉答になるか微積分学ばねばならぬ理由問われて
校則に違反したるを頑なに認めず少年壁蹴りて去る
物言わぬ教師になれの指示しきり職員会議に軍靴近づく
敬遠かやさしき敵意か会議後の若き同僚視線合はさぬ
敗戦国の若き理想を身に負ひて我はひたすら憲法信ず
五十余年戦死者の無き国なるを何をおきても誇りとはせむ
人は正しく怒らねばならぬ獄中に死にし三木清の言葉にれがむ
決定は校長にゆだねる会議なり怒りを堪え今日も身を置く
青空に水蒸気噴く核溶解〈平和利用〉の建屋吹っ飛ぶ
〈ゴミ捨てるべからず〉まして十万年も死の力もつ廃棄物など

歌集『海のオルガン』（いりの舎）の著者小市邦子は昭和一八年生まれ。「主権在民・戦争放棄・鉛筆の力確かに三つ編みの我」と歌っている世代。大学卒業して高校教師となり、職場同僚との結婚、二女をもうけて間もなく夫は急死、以後定年まで子どもを育てながら働くのであり、そうした生活が生きている証しのように短歌にとらえられている。一九八六年から二〇一三年までの二七年間が一冊になっているのであり、ひたぶるに生き聡明に時代を見つめ、人間を深く洞察している。娘二人の生長してゆく姿や、母を歌った作も印象に残るが、教育現場をテーマとしたものをここでは引いた。現代の学校というものが適確に形象化されているといえよう。終りの二首は震災をテーマにした第五章からの作。著者は『潮音』の編集委員。

一九五二年

首切だというのに　軍需工場には口がある　ここに何か　問題を感じはしないか。

駄目だ。一人じゃ駄目だ。みんなでやらなくちゃ。見ろ。ギヤーもくみ合って動く。

今のみんなの高笑いは　俺たち働く貧乏人の勝どきだ。ひょっとそんな気がしただけか。

働く喜びなんかあるものか。親指と人差指の　無数の切傷を眺めながら思うこと少なからずある。

図面でも探しにきたのか　見習少年工二人。広い事務室に　鉄の匂いを残して去る。

いつも結ぶ言葉は〝どうかお願いします〟だ。どうにもならぬこの乞食根性をもてあます。

まるで強盗かなんかの様だ。勤め終え日が沈む頃になると　さあと息づく。

ホースで水をぶっかける。仕事の庭に咲いた花ダリアだ　ヒマワリだ。真夏の庭だ。

何のやましさがあるのだ。しかし、けれど　二人だけのベンチは何だか気になる。

俺は二十歳　投票箱に歩みよる　この足どりは　確かに力んでいる
すくわれる思いでとびのった市電。しのつく雨も　窓から見れば秋だと思う。

歌集『標』は昭和二七年一一月に刊行された早稲田大学第二文学部の標短歌会の合同歌集である。森本真幸、田村哲三、武田弘之らの上級生のあとの下級生である堀田節夫が発行責任の名を記している。五・八早大事件のテーマの他、各自の自選歌集一一名があり、その中の堀田節夫作品を引いた。二〇歳の夜学生が働きながら作った短歌だ。恐らく短歌をはじめてまもなくではあろうが、当時の現実が生き生きとしている。行わけ発表のものをここでは一行にしたが、口語でナイーブかつ新鮮だ。型にはまらず歌われている。現在の大学生の短歌との差を感じさせるが、労働作品としてみても意味ある作となっている。一一首目のは『新日本歌人』（昭二七・一一）からつけ加えたもの。

二〇一三年

足腰を病む身の我はままならぬ排便尿に最も苦しむ
食卓よりベッド脇までの三メートル歩行器と行くわが二十余歩
床に這い転げて回りベッドの桟つかめど我は立ち上りえず
歩行難の吾をケアするわが妻も膝・腰・肩が痛む病み人
寝る前のわれへの介護は五十路の吾子人工肛門つけし子がする
手術後の長男職辞しわが家に転住しきぬ静養のため
戦争を呼び込むごとき軍事基地なくせよ平和のぞむ日本は
スポーツで鍛えし吾子よ何に疾く逝くか老い病むわれを残して
父われが子の葬式に行かれぬこと悔しと思へど病めばすべなし
足立たば護憲デモにも行かましを　日に日に軍靴の響き近づく

歌集『病勢転変』（現代短歌社）が昨年末に刊行された。作者松宮静雄はＳＦ短歌と自称する宇宙的視野からの歌集をまとめており、知る人は知る趣きであるが、今回のは現実感たしかな自分の身辺をダイナミックにとらえた一冊である。「家族皆病史」と小題をつけた一連の作では、本人、妻、長男、次男と家族すべてが病み、苦しむ生活がリアルにとらえられている。並の療養短歌とは異なり、凄絶ともいえる闘病のほとばしりである。あるがままに現状を描写し、迫力のある作品としているのは文学精神のたしかさであろう。嘆き、悲しんでいるが、詠嘆した暗さなどはない。病みながらも時代の風潮への厳しい批判の眼をすえた作品もしばしば歌われているのは、聡明な知性健在なりというべきもの。介護の短歌もさまざま。今日的な切実な作品が切り開かれている。

一九七一年

夜桜の雑沓が遠く聞こえくる細胞会議のはじまる前を
本を売るわれの露店に集りて池のめだかのごとき子供ら
しらけつつ薔薇が窓べに咲きをはる職員室に来て本を売る
大豆売のころゑが表を過ぎてゆくパージにあひて三度目の夏
天幕に包みて本を負ひてゆけば戦の日に似し汗にほふ
場所割の決まるを待ちつつ焚火なす露天商のなかにまじはる
陽の光射さぬところに雑誌売るわれの露店は人だかりせず
激論を交して得たる決論のあと梅雨ながら晴れし街上に出づ
僅か五人の聴衆を前に語りゆく春夜の寒さにややふるへつつ
スクラムを組めば伝はりくる体温ややに孤独を感じゐしとき
「電産」の二字を支へに生きてきしいのちなりわれを職場に返せ
目に沁みる汗ぬぐいつつひとりなり配り残れるビラを数うる
ビラ撒くと千本杉を差し行ける同志等追いて雨降りしぶく

歌集『デイゴの花』（一九七一年）の著者久保実は一九五〇年夏、マッカーサー書簡によるレッドパージで一四年間勤めた発電所を追放された。以後妻子をかかえての生活のため古本屋を開業、社会変革の活動に積極的に働き、そうした中からの短歌をまとめて一冊としたのである。『多摩』を経て『形成』創刊に参加。作品は『形成』になっての一九年間のもの。序文で木俣修はこの時代に生きる人間の苦悩とたたかいを歌った作品と高く評価し、こういう歌に共感できない人は今日の時代とずれてしまった人だとまでいっているのは印象深い。戦後史の文学的結実の一典型といっていいものであろう。

一九五〇年

肩ならべ歩みゆきつつ手を交す明日よりまた会へざる同志
トラックの同志等高く手をあげて自転車の我を追ひ越してゆく
夕茜はつかに残る橋の空弾圧のレポを聞きて別れつ
夜の闇にほのじろき花の匂い嗅ぐ逮捕状出でし友去らしめて
働かずにいのち生きたき顔ならぶ競艇場の人混みをゆく
真実が歪められをり眼先をバズーカ砲の隊列はゆく
公判より帰りてきたる友がはや細胞新聞のガリ切りつづく
十数名パージされたる友のうち唯一人けふの集会にあふ
あきらかに敵意こもれる質問を放ちて彼等われを見まもる
鉢巻をわれは締めなほす京城にも三池にも降りてをらむこの雨
若き等が唱ふ原爆ゆるすまじ千町田を越え風に乗りくる
真剣なる顔にペタル踏むをとめわが店の前を過ぎてゆきたり

歌集『デイゴの花』（久保実）は前号に記したが、ここでは一九五〇年代の作品を追加して引用した。一九五〇年代を短歌によってリアルに、端的に表現したものといってよい。朝鮮戦争、レッドパージ、メーデー事件、原水爆禁止運動、基地反対闘争、警職法、三池争議、といった戦後の転換期にどのように人々は生きたか。われも人も人間らしくありたいと願う嘆き、苦しみが豊かな文学精神によってしっかりとらえられている。戦後短歌史として見おとして来ているものだが、戦後史そのものの理解としても意味のある歌集といえよう。

二〇一四年

閉塞の世が排外民族主義《ショーヴィニズム》生む様を昭和史に見き今また似て来ぬ

満蒙の危機強調せし昭和の悪夢よみがへり聞く中朝脅威論

内の矛盾を外にそらすと対外危機煽るは支配者の常套と知れ

被害には声高けれど加害の意識薄きアメリカそして日本よ

IT操作巧みに学生なりゆくに反比例して思考力落つ

過労死増え働く貧困層《ワーキング・プア》増えゆくにデモもストもせぬ労組歯がゆし

遣る方なき働く貧困層《ワーキングプア》が戦争でも起ればといふ世相危ぶむ

幇間のごとき学者がつねにをり資本の利に添ひ説をなしゆく

朝鮮特需ベトナム特需と戦のたびに利を得て成長し来し日本か

大学解体叫びわれらを「反動」と謗りし彼ら今いかに生く

安全より効率優先国策として原発増やしし果てのこの惨

明日の危険より今日の利を欲り原発の再稼働のぞむ過疎の地元が

若く被爆し原爆症病むわが終のつとめと叫ぶ「脱原発」を

歌集『晩禱《ばんとう》』の著者小島恒久は長崎の大学生時代に原子爆弾を浴び、原爆症となった。その後、経済学研究に進みその分野では泰斗と知られている。そのかたわら短歌の分野の創作活動にも早くから尽くし、その業績は多々。いまは福岡県歌人会の会長でもある。今年まとめた『晩禱』は今日的な時代的課題を短歌によって見事に結実した歌集である。さまざまな政治動向をそのままとらえ、端的にその問題点を衝いている。事柄だけにして、文学的なリアリティをもたらしているのは表現力である。

二〇一四年

「玄米パーンのほやほやー」がきて十月の夕焼雲を土手に曳きゆく
青白き溶接花火ガラス戸をふるはせ蒲田工業街一角
ちち　ははの諍いゐたる遠きこゑ桐の火鉢のありし幾月
ところ天すすりてゐたり口ほどの悪女にもなれず中年はくる
暗やみのみち歩みきて梅雨の傘たためば誰も待つなき家居
看護婦の妹汝とたはむれに踊ればクレゾール微かににほふ
子の病まば我が息も病む吐きつづく子が時に見するさびしき笑顔
宵やみを出でゆく父のインヴァネス七つごころに深く憎みき
看とらるる老い母のため請はるれば姉の工場に雇はれてゆく
糞尿にまみれて「ああー」といふ声の呆然として二人して言ふ
老い人よ悲しむなかれ庭にきてヒガラ鳴くなりこの世たのしと

「父の独楽」(二〇一四年)の著者岡部由紀子の作品をまとめて初めて読むことを得た。「初めで、終わりのこの歌集」とあとがきに記しているが、歌暦六〇年の一冊である。一読して感受性、表現力の尋常ならざる力量を感じたことだ。何よりも気品があり、豊かな人間洞察力がある。岡部桂一郎の妻として『工人』『樹木』などにその名はあった気もするが、これまで歌集にまとめることもなかったのは、岡部桂一郎が晩年はどこにも属せずに孤塁を守ったことを受け継いでいるともいえよう。こういう歌集のまとめ方もあると考えさせられる。桂一郎の作品が雑誌で見ることがなくても少なからぬ愛好者がいたように、このつつましき一冊も読む人の心に深い味わいを残すことだろう。

二〇一三年

おせどひけど動かぬからだ目の前の死の実在にわが無力なり
骨壷に納まる骨はこれの世のたつたひとつのわが所有物
老いふかきその生き方はそのままに死にかたとなる母の明け暮れ
まだ生きてゐるのかといふよはひまで生きよ戦争未亡人たち
戦争の未亡人とふ生涯の肩書きことりはづされて逝く
死者たちは生きかへらざり「責任をとる」とは誰になにを為すこと
父の骨たれにしられず埋もれゐるわがまぼろしの戦地聖地よ
「苦しむに価せざりし戦ひ」といふといへども父は戦死す
介護施設ただいま順番待ちにして人老いがたくはた死にがたし
珍獣の見物ツアーにあらざれど介護施設を人ら見にくる
子の話題夫の話題なき人ら持病のことに盛りあがるなり
美しき人の老いしは無残にして老いざればなほ薄気味悪し

東淳子の歌集『晩歌』（二〇一三年）には前半が「夏の死者」と題して夫・母・父の挽歌が収められている。夫の場合はみとりの日日があっての逝去であり、母はそのごのこと、父は戦争で亡くなったことを追想してのものとそれぞれ違うが、心にしみるレクイエムの協奏曲を聴くようである。死に対しての洞察力が深く、人間・社会・宇宙の中のできごととしての歌い方は考えさせられる味わいがある。後半のひとりとなっての老境をテーマにした作品は理性ある詩情をかもしていてしっかりしている。近代短歌と異なった今日的な生と死をテーマとしてまとめた一冊であると思う。

一九八九年

ついに来た解雇予告にくちびるをぽかりあけてつったっている
ガラス戸を少し開いて争ったあとの頭をかわかしている
組合よ会社よさようならきょうからはすっからかんの一人のおんな
何かこう楽しいことをするように皿いっぱいのキャベツの千切り
笑わない難民の子がうつされるニュースのあとに菓子の宣伝
真四角なわくにはまった恐さ言う自衛隊を辞めてきた甥
死ぬ時に素直になるとは思えない私はずっとこういう私
言いすぎをとがめられてる唇がまだ動きたい形でとまる
一生に流す涙を今全部ながして夫と最後の別れ
女一人これから暮らす決心に力を入れてつぶすジャガイモ
死んでから一度も夢にあらわれぬ今何してる私の夫
財産を分けてしまったそのあとはもう会うこともない義理の兄弟
ねむくなる講演会の席にいるこれも仕事よこれでも仕事

おおかたは男ばかりの会合に足の角度を気にしてすわる

歌集『しあわせの木』（一九八九年）は吉田京子のはじめての歌集。巻末の一首に「クビ切りに家出・結婚・夫の死・三八歳まだがんばれる」とあるような経歴であり、そうした生活が生き生きとほとばしるように歌われている。哀感も湿ったものではなく、情感はうるおい深く心にしみる。現代を生きる女性の人間的真情が結実したもの。そのごは短歌とは遠ざかったのだろうか。

一九八〇年

安易なる妥協をなしてなるものか熱風あてて髪調える　友永はるひ

申しわけ程度の土を施して黄の肥後菊は遠く売られつ

売り犬と同じ高さに屈まりて見つめあいいるバス待つ間

内職という語は古りておおかたの主婦らパートにいでて働く　関家さよ子

行くこともなきヨーロッパの観光地旅行会社のタイプ打ち居り

一日をタイプ打ちたるわれの膝子猫親猫捨てずに九匹

路地奥になにかもくろみいる児等の雲の晴れ間のつつぬけのこえ　槙辺　玲二

所持品の多くは仕事にかかわりてポケット寒き冬の作業衣

うたたねの母の耳よりはずされしイヤホーンにテレビの声は洩れくる

高空のまはらに浮きて動かざる雲数知れぬしやれこうべに似る　寺内　実

反戦歌の余韻消えざる街上をまたぎて白し朝の陸橋

千の葉に千の影おき迷彩の堀を埋めてふかき夏蔦

一九八〇年から八一年に熊本から出ていた手書きコピー二〇ページ程の雑誌『波動』から引いた。四人だけの同人誌であるがそれぞれ特色のある作品を寄せている。せいぜい二〇部程度の雑誌で、ほとんど残っていないだろうと思う。しかし、こうした手書きのささやかな雑誌を収めた書庫の中から読み返し、一九八〇年代のエネルギーは忘れ難いものをもっていることを感じる。いま、パソコンで便利になって気軽に短歌の交流はあるが、この時期のこれらの人のような生活感のたしかさや詩情の豊かな感性はない。ここには人間の生のつきつめたものが結実している。忘れられている愛すべき作品。

二〇一四年

離れないで　くれ　と涙する老妻の　病室の窓の外　春の雪
交すことばも　当然　ふれあう　ことも　なく　何事も　なく　それでいて夫婦
一切口をきかず　朝めしの仕度だけは　する　老いて妻の　抵抗のかたち　か　これは。
これが　俺の　つれあい　か　と　女房の寝顔　つくづく　と眺めていた。
階段を昇る　老妻の　尻を支えたら　ぴしゃり　と叩かれた　古希のたわむれ。
音もなく　ふとんのすそから　さし出す手。握れば　握り返してくる　はげしさがある
呆然と　ただ　茫然と　立ちつくす。認知症五の　つれあいは　床に裸で寝たまま。
「そこのおじさん」と俺を呼ぶ。あなた　とか　お父さん　とか呼べない　介護五の認知症。
娘に　わが子でない　とあてつける。認知症の母に　涙ぐんで聞いてる娘。
一日中　付きそう俺を　仕事が　ない　とみてか　かせぎに　ゆけと　ぬかす。
認知症は　患者が二人になる　という。患者当人と　介護する人と

歌集『介護のうた』（二〇一四年）は堀田節夫が妻の介護をテーマとしての作品である。歌集では現代語の行わけ体裁であるが、ここでは紙面の都合で一行にした。一行にしても異彩を放つ介護の短歌として味わうことができよう。型にはまった文語ではないことで、苦渋に満ちた介護の現実が作品として救われているようにも思える。人間洞察の深さ、加えて文学表現の豊かさ、文学精神のたしかさ、人間性への愛などが考えさせられる一冊である。歌集後半には、苦学生のころの作品や妻となるべき女性との初初しき相聞歌も収められていて、通読すれば切なくもなる。亡き妻へのレクイエムとして没後半年にまとめられたのだが、校正刷を見ただけで、本人は癌末期の病床で、一冊の本となったのを見ることができなかったとのこと。

二〇一四年

歳の瀬の困窮の人人炊き出しに長蛇の列なす日本の首都
この坂は少しきついが一歩よりまづは始めむビラ持ち直す
事ひとつ成りしを思ひつつ帰るみち天より地より秋虫の声
啄木の地図くろぐろと塗りし短歌ことし日韓併合百年
日常の苦もあらばあれ今だけは踊りのなかに解き放たれて
瑣末なる事に拘り泥水のごとく澱んで口きかずゐる
「自立」とは今更ながら可笑しいがいづれ一人が残る日のため
軽やかに路面電車は来るものか角まがりつつ春の陽あびて
食糧を求めて農家訪ひ行きしもんぺ姿の母でありにき
文旦の花の香深く吸う朝誰か言ふ声「めげてはならぬ」
リトマス紙のやうに目鼻の反応す飛び来る花粉見えぬながらに

歌集『石礫』は高知在住の梶田順子の作品。高知市民病院に薬剤師としての勤務を貫き、退職後に創刊された国見純生の『海風』に参加しての一〇年の歌歴。実直を徹底させた詩情が特色のある国見純生の『海風』だ。その中から生まれて来た作品と納得がゆく。平明で率直な表現。飾ることの少ないあるがままだ。しかし平凡というのでもない。理性たしかな生き方がもって生まれた感性の趣くままに結実したように思える。社会的なテーマも自然体だ。多くの旅行作も絵はがきではない目が光って風物・人間をとらえている。技巧的な軽妙・絢爛・曖昧に疲れてこうした歌集に接するとほっとする。

一九七九年

群つくらぬ鷲の孤独は強きものの淋しき老を人には見せぬ
雲まとい霧にかすめる四十何階、あくなき資本の虚栄の塔よ
一の倉にとりついている　若者たち「死んでしまえ」叫びたくなる　奇妙な愛
人間の生涯に　必要とすることか　岸壁を登る、そのことだけが
女ひとり世にたち　人の心読むすべ　いくらかは学んだ私
流れる汗　ぬれタオルで拭く自由　ありて、何ほどの暑さといおう
道路清掃、老人が多い　ごくろうさま　心でつぶやく　私も老女
いつドア開け　お迎えがくるかわからない　怖れはしないが　覚悟などない
肺がきれい　今更何の役にたとう　心臓が先に　くたびれてきた
サブナードの掃除小母さん　働いて銭とる業の　つらさ、知るわたし
抱きしめたい　思うものなど　何もない　ひそかに憂い　ひそかに愛す

米田ひさは生家が書店であり、読書好きの少女として育つが伯父の養女となる。富裕な生活にあったがそれに満足できず単身上京し、自活の道を歩む。苦難な生活のなかで読書し物書きに励む大正デモクラシーの典型の女性であった。のち郵政官僚となるひとと結婚。六人の子どもに恵まれる。しかし次男は少年航空兵を志願し、それを心ならずも認め、敗戦近くに戦死。夫が病死したあと、四八歳で郵便局に勤め家族を支えてゆく。歌集『しもやけ色』(一九七九年)はそうした日本近代女性史の典型ともいえる生き方の精神史である。ここでは晩年の作を引いたが、自立精神のたしかな老境の短歌は格別の味わいがある。巻末には童話作家としての作品三編。解説として長女である歴史学者米田佐代子の「母の歴史」についてという適切な文章がある。

一九七八年

巨大なる組織のなかに流されてもの言えぬわれがときに歯がゆき
若い娘に私語が多しと注意する主任が背後に看つめいる職場
すみやかに自動改式進められ仕事なき室に冷え冷えと冬
「おはよう」と霜の朝をビラ配る友の息白く春闘近づく
さんざめく休憩室に黙々と毛糸編むきみは娋りてゐし
合理化の残置定員提示され議論はてしなく夜の刻過ぐ
人も花も黄砂にけむる街の午後処分撤回のビラくばりゆく
コードつなぐ職場にあれば荒るる手ときみを嘆かすわが手みつむる
去るものも残らんものも苦しきに合理化計画うつむきて聞く
丹念に紫蘇まぜこめてにぎり飯つくるひとときき妻らしくあり
倒るるまで働きし父が軒下に積みたる薪の束整然と
「百姓はあわんね」読経終われば村人ら饒舌となりて夜は更けゆく

釜田美佐は電話交換手として長いこと働きながら短歌を作っている。前半は一九七八年の「新日本歌人」コンクール入選作品から抜いたもの。後半は『新鋭十人集』（一九七九年）に収めたものから引いたが、この時期が電話局のひとつの曲り角となっていたのであろう。労働運動もまた。戦後初の不況の時期でもあり、日本をアメリカの不沈空母とする中曽根発言が問題となった時代である。そうしたなかでの働く女性としての生活の実感がリアルに歌われた作品である。現実を洞察する力がしっかりとしている。表現適確。作者像が生きている。

一九七九年

病みやすく在り経るわれに関りて妻が売るなり自然食品
みずからを励ます歌か鼻歌で荷を改むる妻の背ひろし
幾たびを揚げ降ろす荷ぞ行商の妻のジーンズ胸より傷む
行商の妻が折り来し一枝のくちなし匂えり夕餉の卓に
同輩のひとりが家を建てしこと夕餉に妻は不意に言い出づ
言葉なく寝入りし妻の髪匂う行商行程百キロなりし
はりはりと洗い乾したる夏シャツの襟立てて妻は街頭宣伝にゆく
年の瀬を更けて戻りし妻の手にきびきびとして石蕗の花揺れる
かく生きよかく生きよとぞ呼びあいて党に拠る長しわれもまた妻も
幾程もなかりしか隧道くぐり来て遇うはつなつの風のあかるさ

作者寺内実は作品でいうように「病みやすく」働くこともままならず、妻がトラックを運転して行商をしていることがわかる。一日に一〇〇キロも運転するというのだからかなりの距離である。作者はそうした生活のなかで政治活動を続けているのである。そうした短歌である。働く妻をしっかりと描写して、生きてゆく姿を詩情豊かに定着せしめている。文学と政治を統一したものといっていいが、そういうよりも作者のひたぶるな理性たしかな文学精神が結実したというべきであろう。文学か、政治か、などではなく、作者の生き方が根底にあっての一元化なのである。生活詠であり、社会詠であり、時事詠でもある。文学とは本来そうあるべきものといってよい。一九七九年の『新日本歌人』五月号のコンクール作品であるが、当時の雑誌には同じような水準のものがかなりある。どこの雑誌でもそれはいえるようだ。時代の曲り角でこのあと通俗化の拡散と短歌史は移ってゆく。

二〇一三年

福島を学ばぬままに再稼働を求める人らは富しか見えず

体育館の床にわれらを座らせて甲高い声で歌う「ふるさと」

偽りの言葉ならべる〈つながろう、絆、がんばろう、元気です〉

声高に叫ばれ続けて消えてゆく復旧　復興　絆の言葉

東京の電気　を作っていることの誇りを持てと説かれしわれら

「あんなところ行くわけないよ」と嗤われてあんなところで育った私

再稼働のニュースが聞こえて心臓が脳が身体が地団駄を踏む

「東電を悪くは言えない」マスターの声に客らは床を見つめる

知らぬなら無いこととして過ごしおりゆゆしき日々の続く日本

また町が民が心を裂かれゆく区域再編はじまる四月

三原由起子の歌集『ふるさとは赤』（二〇一三年）は福島県浪江町に生まれた作者の一七歳から三三歳までの作品を収めたもの。一〇代の作品はナイーブで軽妙な感性が生きていて読ませるところがあり、二〇代になってのものは人間を見る眼に巾ができ、近ごろの同世代のものとは少し異なり、遊びではないリリシズムがある。しかしここでは歌集の結びにある東北震災をテーマにした中から引いた。多くの震災詠が歌われて来ているが、この作者の作品は地道に歌われている。そして災害にあったひとりとしての実感が、単なる事柄ばかりではなく、広く社会批判の視野となっている。政府の無責任な対策ばかりでなく、地元の人たちの困窮の歪んでゆく実態などにも率直な眼を向けている。軽いタッチでそれがとらえられているのが若さであろうか。歌人にしてミュージシャンとも帯文には紹介されているが、それも活力のある由縁となっているのだろう。

一九六九年

悲しみを食って生きよと人に言ひきそのわれにしてかくも腹だつ
九歳の少年の問ひに赤面す「おばさんどうしてお嫁にゆかないの」
的外れな評価にも堪へて自若たりしピカソに学ぶ喜びにして
誰も誰も平和を希ひ誰も誰も戦争の予感に怯えて暮らす
国民へのめかくしをそれとなく用意して近づくものに火薬のにほひ
いらだたしさ限りなくあれどもの書くとわが手はうごく原稿紙の上
わが心いかりに狂ふと見るまでに衝撃は痛し胸つきあげて
なほ堪へて明るき声に言はむとす「人間生れた時は裸なり」
弟の素直さに引替へてこの娘はと異質のわが子に母の比較論
つじつまのあひすぎる歌、人の上にまたわが上に憎みつつゐる
違ふ、違ふ、違ふといひて地だんだふむ心われにあり表現語のなく

館山一子はひたぶるに生き、たくましく歌いあげた歌人として知る人ぞ知る存在であろう。『プロレタリア意識の下に』や『彩』は昭和短歌史上に個性たしかにほとばしらせた歌集として記すべきものである。ここでは四冊の歌集のあとにまとめられた作品群の中から引いた。全歌集で「李花以後」となっているものである。歩行も困難な日常生活にあっての母の介護や、社会的テーマや痛烈な短歌時評風の作品など、人間として生きる苦しみ悲しみをふまえて詩情たしかな作品を残している。迫力のある人間凝視であり、自己反省もまた鋭い。没後半世紀近いが生き生きとしている。

一九五四年

ビラ貼りて村めぐりゆく夜の更けをいたはられゐき握手ひとつに

教育を共に語りて握りあふてのひらありき百姓の掌

執着もなく古本を売りて得し金あればゆく灯暗き酒場

この子らの育ついかなる世を希ふ徹夜しつくる社会科カリキュラム

職場結婚の友も貧しく口とがる細き秋刀魚をぶらさげ帰る

童子らの中にはしやぎて女教師の婚期おくれてゆくさまも見つ

教育の危機迫りつつ寄る集ひみな肩にチョークの粉つけしまま

立ちあがり誰ともなしに歌ひいづ組合歌また革命の歌

抵抗の歌おのづから口づさみ雪降る落葉松の下道帰る

壁に貼る闘争宣言冴え冴えと文字浮きて見ゆ深夜の月に

一つかみほどの父祖の地容赦なく崩して新開道路は通ず

百姓の父の生涯かけて得し動力ポンプが立てる朝虹

『近代九人集』（一九五五年）は加藤克巳が主宰する『近代』の初めての合同歌集である。荻野須美子、金沢邦子、杉村けい子ら九人のものであるが、その中の武藤亮治の作品から引いた。一九二九年生まれ、山梨県の小学校教員である。昭和二七年より二九年三年間の八〇首とあるが、作者二〇代前半の若者であり、素直な飾るところのない表現をしている。何よりも、あの時代の感じがリアルにうかがえる。教員と地元の農民との結びつきや、組合運動の意欲など、あの時代らしさだ。校長も組合員となっていたし、教育委員も選挙制であった。勤評問題はこのあと。素朴な青年教員のリリシズムには懐かしささえ感じさせられる。武藤亮治はいまいずこぞ。

一九四四年

夕靄の　雑踏に消され　消されても　たしかにおのれの足音で歩いて行く　佐々木妙二

ガリリガリリ舗道が鳴る　雪だ　霰だ　霙だ　総員玉砕の午後だ　石村　英郎

地図に見る満洲の位置　荒れた手で　子等は国境を指さす　妙見　爽

寒気にただならず　めげず挫けず　ああ梅の匂ひよ　伊藤　清夫

あの松の梢にも夜明けの滴したたり　若人らの言葉なき憤ろしさ　抄　滋郎

凡てを一本に托す　ネムの花しぼむところ戦ひも死も　佐藤登里子

英霊到着の拡声器の声　ホームのざわめき　はたと止む　坂　登美子

「無事につとめよ」と姉らしく言ひ　遠く　すんだ空いつまでもみている　丹羽　節子

「敵の胸だ！」するどい教官の声　枯枝にこだましてる　又一息　にぎりなほしてつく　柳原　千代

残された己を疑ひ戦友の征つた夜　わびしく軍歌うたつてゐる　朝田　幸男

何はさておき　月々に買ひだめたこの本どもらよ　十燭光の下の　わが中学文学哲学講義録　豊田　白楊

握りあった手に　熱く熱く流れるもの　霧白く　頬をなで消えて行った　　松島　英雄

戦後短歌史として番外の昭和一九年六月号の『国風』からの引用。『国風』は表紙に「新短歌雑誌」と記されており、中野嘉一の『新短歌の歴史』（昭森社）によれば新短歌各誌の総合結集した総合誌として記されている。昭和一九年二月まで五冊出して終刊とあるが、六月号が手元にあるのでそれから引いた。新短歌も出版検閲下にあって「勝ち抜くために！」といった表題の座談会があったり（一月号）して時局に従う姿勢が充分ありながら、短歌作品そのものはこの時期の数少ない他の雑誌とは異なるものがある。林亜夫の「非定型短歌への確信」という論文などもしっかりしたものだ。戦争反対の作品は刊行できないが、それでも人間的な正直な哀感のうかがえるものがある。抽象的な表現を通してのものではあるが、昭和一九年の戦争末期のことを思うと考えさせられるものでもある。『国風』は大阪の大鳥書房刊、四〇銭。四六ページ。

一九八〇年

ビラ二百撒かむときたる村里のはずれに夜の虎落笛きく
電線にうめくが如き風の音われのみが聞く音かもしれず
次々と電話きたりて落ちつかぬ刻きざみつつ夜に入りゆく
決断はいまだなし得ずおきいでて一杯の水グラスに満たす
ことごとく庭の実食めばさばさばと野鳥も朝の姿を見せず
身を処する術こころえし猫の目に勝ち気なわれが無視されている
独り身は気楽でしょうねそうですねかえすわたしのはんぱの笑顔
この五月何かが崩れゆくおもい春に遇えざる庭のえにしだ
月はいまだ光とならずへび谷の暮れ早くしてあかりを灯す
秘めしこと多き歳月思いつつパッチワークの布つぎてゆく
夜のふけの靴音きえてふたたびを独りの部屋に虫の音ひびく
学びきしノートの中味の重きかな行動日程定まりがたし
ひとり身は不自然という通念の声をとらえし耳朶を憎めり

さりげなく握手かわして別れたりいかに生きてもいずれ淋しく

山の辺の道に親しも党守りて軒に吊りたる掲示板ひとつ

佐賀から出ている『夜行列車』の一九八〇年前後の作品から戸川みのりのものをいくつか引いてみた。作者は唐津の女性教員であったと思う。作品は個性的な豊かな感性がうかがえるものであり、表現力もしっかりしている。社会的活動も積極的であり、いろいろな行動が詩として昇華し文学として結実している。歌集をまとめることもなきまま短歌から今は離れているようだ。

短歌とエッセイ

Ⅱ

〈第一回〉

新聞の短歌欄の投稿作品は、ほとんど高齢者である。いま、わたしは地方版の二種類の新聞歌壇を担当しているが、投稿はいずれも高齢者。記されている年齢をみると、七〇代、八〇代、なかには九〇いくつかの人もいることがわかる。これは短歌雑誌でも共通しており、ある雑誌の統計では平均年齢七三歳とあった。これは短歌の歴史上かつてないことといっていい。

これは短歌が、一定の年齢に達した多くの人の心の救いとなることを示しており、よろこばしいことである。日々のよろこび、悲しみは自分で表現したとき、何よりもの救いとなるのである。これは文学の生命力の第一歩なのだ。そして永遠の基本的課題なのである。

特徴としては、高齢者の短歌のもっとも大きなテーマとなっているのは「孤独感」である。花鳥風月や旅などを歌いながらも、孤独の思いが根底にあるように感じる。

子どもたちは成長し、別のところで生活する。高齢となって乏しい年金で生きていく日々。自分はいったい何なのか。戦中戦後の歴史を生き抜いてきて、いま一人になった深く静かな寂しさ。そうした思いを、そのまま口にしてもだれも相手にしてくれない。そのとき、短歌があるのだ。ただ、作品として、現状におぼれることなく、自分をよく見つめて歌うことでいいものとなるのだが、そこが難しく面白いところだ。その点はどんな芸ごとにも共通していよう。手元の佳作選からひいてみよう。（赤堀浦太郎作品）

幼き日転びて起きて育ちしが老の転びは涙の出づる
幾月を床屋に行かず髪伸びて乞食のごとくなるもよきかな
助手席に我を乗せたる軽トラック運転の君も誇らるる身なり
耳とおき妻にみんなが怒鳴るごともの言う秋の祭りの日和
失禁は妻と知れども妻よりも老の進めるわれは黙せり

苦しく、みじめで切ないことを歌いながらも決していじけていない。あるがままをとらえることで生きていくしたたかさを感じさせる。これが大切。作者は数年前に亡くなっているが、いまもわたしの心に生きている。

（第二回）

終わりなきものはあらじと思へども己の寿命は知り難きかも
思ふ人は遠くにありて病床の心を知ることもなし
青春の彼の日思ひて感傷すわれの命も僅かになりて
病床にあれど気力は確かなり病を克服し生きゆかむかな
こころ嬬死にて心の寄りどなし空々漠々人生終わり

金剛　胎蔵

九〇歳代の愛情の短歌として、金剛胎蔵の作品は切ないばかりのロマンが生きています。感傷的ではありながら、突き放し、自分を客観的にみることで甘さを越えています。なによりも気品といっていいものがあります。この気品というのは、俗を越えた芳香という感じのもので、微妙な味わいです。
これらの作品を歌ったのは九〇代半ばを過ぎてのころであり、その後、彼は数年で亡くなっています。しかし、こうした作品を読むと、作者の文学精神がいまも生き生きとよみがえってきます。

たしか三重県で本屋さんを営んでいた人のように記憶していますが、長いこと『アララギ派』で写実的方法を身につけてきた結実でしょう。当時『アララギ派』という雑誌に発表されたものですが、歌壇でもてはやされる作品とは違った、しみじみとした味わいのある佳品です。

「こころ嬬」というのは心のなかで妻、あるいは夫と思っている場合の言葉ですが、普通には使うことをためらうようなこの言葉も、九〇代半ばの作者のものとして自然に味わうことができます。いや、むしろそうした人を心に抱いて生きていることで、心の張りがあったのだろうと案ずることができます。

短歌はひとりひとりの生き方を支えるものであり、それが一三〇〇年の歴史を持続してきた原動力であると思います。雑誌に出ただけで歌集にもなっていないので、多くの人は知らないでしょう。しかし、それだけにわたしにとっては愛着のあるものとなっています。

（第三回）

六十年　稼がず生まず　ぬれ縁に　おんなひとりの　孤独あたためている

いちどだけ　愛したひと　あったかしら　おそれ　近づき　ただそれっきり

朝五時　きっかり目ざめる老年となって　ときおり　あやしい夢のなかにいる

七十六歳　おどろくほどの早さだった　いくども　いくども　まぼろしの青春

成熟なければ　生きて無意義　目がね光らせ　書を読みつづける

原田春乃さんの歌集『髪にそよぐ風のように』（一九七七年）からの作品。

永くひとり暮らしで働きつづけた女性の老境が、まことにうるおいのある滋味となってまとめられている。

歌集では行わけになっているが、引用では一字あきの棒書きとした。口語発想で明るく、切なく、しみじみとした哀感があって、心にしみる短歌だ。

孤独感を歌ってはいるが、あきらめではない。暗くしめっていない。生き方が、「成熟なければ無意義」といいきっているように、前向きであり、いくつになっても学ぼうとする意欲があるからだろう。

原田さんは昭和一〇年代には『歌と観照』という雑誌の編集もし、歌壇の新進女流歌人として知られているひとであったが、戦後は独自の道を歩んだ。

ひとり暮らしの、いわゆる孤独死だったとのことを何年か前に聞いた。

決して孤独ではないよ、原田さんの短歌は心あるひとが大切にし、愛しているよといいたい気がする。

（第四回）

くれぐれもあなたもお大事にと言われおりわれより若き友の通夜にて

ぽるとがる葡萄酒渋く味深しわが芸もかくありたきものを

それらしき匂いただよい晩めしはライスカレーかと心浮き立つ

耳遠く聞き直せば返りくる突慳貪《つっけんどん》な返事悲しも

思いやりとはアメリカ向けの政治かと腹立てながら詮すべもなし

みなひとよ死を恐れるなイヤがるな死にたくなるまで長生きをせよ

岡本　文弥

「嘆き節」といわれた新内節を現代に生かした庶民的芸術家岡本文弥は、本職の新内語りのかたわら、短歌・俳句などを多く作っています。『迎春花』は俳句・短歌集。そこから二首と、そのあと、『短歌現代』（一九九三年一一月号）に発表した一〇首のなかから四首を選んでみました。

この時、文弥さんは九八歳。そのあと、根岸のつつましい昔風のお宅にうかがったのですが、とても声に張りがあり、記憶力もたしかに、昭和はじめのことを生き生きと語ってくれたことを思い出します。

新内のようにしなやかで味わいのある短歌ですが、その底には、アメリカへの思いやり予算にも目を向けている批評精神のたしかさがあったことがうかがわれます。高齢者の短歌は最近多くみられるようになりましたが、文弥さんの作品の芸術性と、さらに生きてゆく意欲は格別のものです。古風な詠嘆の世界ではなく、人間らしく自然で、のびのびとしているこの抒情は、またとなき人間賛歌といえます。

（第五回）

麻痺しるき手に探りつつ押入れに朝の寝床をたたみ上げたり

早朝を体操しており大寒の今日は新聞配達日なり

身だしなみよく生きよと君が言う女は死まで女と言いて

手紙はもう出さないでくれと老い母が泣きつつわれに書きしもこの家

両の足延ばしては曲げこの一日ベッドに起きおりわれの体力づくり

室内の物に伝わり試歩しおり寮の食堂に明日は行くべく

盲眼に鮮やかに見ゆ少女の日の街の舗装路校門の柳

泣き言を言わざりし母の健やかさ継ぎてゆきたし残る余生を

とく起きて体操はじめん八十歳の今のわれには健康第一

『心ひたすら』　浅井あい

浅井あいさんがハンセン病となったのは一四歳で、まだ治療薬プロミンのなかった時代でした。家族のためを思って楽泉園に入所しましたが、本名もかくしたままです。一九四九年に失明。聴覚もその後、不自由となりました。

しかし、浅井さんに敬服させられるのは、さまざまな身体的困難にめげず、精神的な健康さに生き生きとしていることです。自分ひとりのことと嘆くのではなく、広く社会全体の幸福を願う高い志をもっていることです。目が見えず、手足が不自由でも毎週新聞の配達や集金も園で励んでいたのです。

そうした生活の中から短歌が生まれていました。それは頭のなかで形をととのえ、テープに録音した作品を仲間に記録してもらってです。その短歌には人間らしく生きることへの希望があります。困難をのりこえる志があります。そしてごく自然に、当たり前のこととして成しとげ、明るく歌い上げています。生前は年に何回か会う機会がありましたが、彼女は周りの人から愛ちゃんと呼ばれ、親しまれる存在でもありました。

（第六回）

長生のひけつ問うひと愚かなりたべている故死なぬまでなり

百年もわれ生きおればぼけながらしっかりせんとわれをたしなむ

ことごとに孫娘にたしなめられ生きているみぐるしからん老の姿は

なつかしき友ら皆ゆきわれ一人百歳となるさびしかりけり

老い呆けて何もわからずなる方が自分にとりては幸せなれど

母なくて育て来りし孫娘われ老い病めばただにいとしき

わが胸はえぐらるる如しとらはれてわが子警察にありと思へば

じめじめと日ねもすを雨ふりて居り暗き監房の吾子を思ふ

戦傷癒えてわが子の描きし自画像を展覧会にわれの見て立つ

永井たづ　『百年うたのくずかご』

歌集『百年うたのくずかご』は永井たづさんが一〇〇歳を迎えたのを記念して家族がまとめたものです。引用した前の七首は一〇〇歳の心境ですが、のびのびとあるがままを歌っていて、味わいがあります。さびしさも自然体です。

あとの三首は戦争中に画家であった息子が治安維持法によって不当にもとらわれ、釈放されるやすぐに兵士に召集されていった時期の作。

永井さんは師範学校卒業後教師となり、同じ教師仲間と結婚。夫の亡きあと息子と孫との三人暮らしでした。画家の息子が永井潔さんであり、孫娘が、いま演劇の分野で活躍している永井愛さんです。

この『百年のうたのくずかご』はそのまま長編ドラマのような趣きです。息子がとらわれていた時期、土屋文明に短歌を見てもらっていたのですが、花鳥風月など歌っていられず、怒りの短歌を作り持って行ったところ、土屋文明はだまって〇印をつけてくれたとエッセイに記していたのも印象的です。立派な一〇〇歳歌集といえるでしょう。

（第七回）

うろたえて処置違えれば責重き夜を勤むるひとりの夜を

福祉見直しまず人件費けずられて今も腰痛のアンケートがくる

寝たきりの余生となりて子も孫も訪ね来ぬままの春秋があり

病み呆けて目のみがきくなりし老いに見詰められつつ襁褓《おしめ》替えいる

施設と呼ぶ語彙《ごい》にこだわり家族らは老いを預けてそののちを来ず

老人ホームのベランダに出て老婆らとわれも淋しき手花火あぐる

ひとつぶの薬ふくませ老の口素早く押さえる早業をもつ

寝たきりの老いの苛だち窮まればもの投げらるる介護するとき

とめどなき我儘も許し聞きやれば老いはそれさえ苛立ちとする

狂いたる老いの力にばらばらと白衣の釦《ぼたん》ちぎれとびたり

『紙の飛行機』水谷きく子（一九八二年）

著者、水谷さんは東京の介護施設に永く勤め、その生活のなかから短歌を創り続けてきました。そして一冊にまとめたのがこの『紙の飛行機』です。

それは、歌うことでさまざまな労苦の救いとなったといってもいいものです。さまざまな不幸や不運の老人たちの介護の日常は、一般の老人ホームとはまた異なった労苦があろうと察せられます。想像を絶するようなこともうかがえますが、それらにまともに立ち向かい、その現実を短歌として詩情豊かに、リアルに、生き生きと歌っています。生きることの誠実さをふまえて、文学としての表現力、感性があってのことです。

これらは一九六〇年代、七〇年代の作品ですが、今日においても生命力を持っており、介護をテーマとした短歌としてのみならず、戦後短歌史においても注目すべき人間賛歌のほとばしる歌集といっていいものです。

（第八回）

長寿とは　孤独——になるということか　姪も甥も　逝ってしまった
悲しくさえ　なってくる　もの忘れ　見つけもの　捜しもの　日に幾たび
皺ばかりか　しみだらけの肌　回診のたび　縮む思いで　さらしている
脈をとる看護師さんの　ふっくらした手——七〇年前のわたしの手だった
多少でも　牛乳が飲め　ものが言える　きようのいのちは　まだまだ確かだ
未知のこと　数限りない　もっと学んで　人間らしく　生きて死にたい
病みながら　どうにか辿りつき　九二歳となる　一九八三年四月二七日
死にめにも会えず　葬儀にもゆけずして　病床にひとり　身を捩《よじ》っていた
人民にも　責任がある——とのアンネの日記　機密法の前で　かみしめている
いのちかけて　やっととり戻した　人間のくらし　再び　木偶《でく》の坊に　されてなろうか

『わたしは生きる』八坂スミ（一九八五年）

歌集『わたしは生きる』は八坂スミさんの八七歳から九四歳までの作品を収めている。ひとり暮らしで不自由な足腰であり、生活保護を受けながら日々を素直に短歌に歌っている。

さまざまな嘆きが静かに綴られているが、決してうしろ向きのものではない。人間らしさを求めてゆく志の高さがあり、広い視野がある。表現は口語発想であり、のびのびとした情感が生き生きとしている。高齢者の短歌として類のない気高さがある。張りがある。

（第九回）

癌障害、半身不随さもあらばあれさわやかな朝があるから眠る

八十過ぎて明日のことなど言うておれぬ　今、目の前の核廃絶を

私ひとりの仕合わせなどあるわけはない　萎え足曳くきずりデモに割り込む

足萎えて杖をつくとも　前を向き　背筋のばしてわが道を行く

歩かなくては寝たきりになる半身不随の私に緑の大地踏ませよ

終年を妻が押してきた車椅子のきしみは私の生きてきた軋み

妻の手の掻き回す風呂の湯かげんにからだしずめて生き延びている

癌終末をいつも考えているわけではない限りない蒼い空だってある

人間の寂しさを妻と生きているこの片隅に射し入る春の陽

佐々木妙二『いのち』（一九八七年）

『いのち』と題した歌集は八〇歳を過ぎて癌障害となり、さらに脳梗塞の後遺症で車椅子の生活を余儀なくされた佐々木妙二の命の訴えのような作品集である。

長く医師として医院を営むかたわら、短歌の分野では口語歌人として多くの仕事をしてきている人である。

自身が半身不随の病む身となっての病床詠は科学者らしい理性のたしかさをふまえ、人間洞察の深い情感がのびのびと歌われ、格別である。伝統的詠嘆を越えた哀感がある。晩年のめぐり遭いとなった妻との作品も切なく、哀愁に満ちている。小樽高商時代には小林多喜二の親友だった。

（第一〇回）

運転の危うげもなく病院に母を乗せゆく乙女となりぬ

あたたかき手とぞ思へる手術台に目は覆われて朧げなれど

日に三度一つずつ飲むカプセルを二つ飲んだり飲み忘れたり

どうかもう病む子のことは忘れたまへ病院のベッドの老いたる母よ

母病みて哀しかりにしわれがいま同じ嘆きをとめごにさす

朝の窓開くれば微かにアベリアのにほふ夏来ぬいざ生きめやも

よしと思へどかすかに羨し子の夫婦かおるさんまなぶさんと呼び合ふ

開閉の叶はぬ病棟の窓に見つ海に昇る日山に沈む日

わが肺の底にかすかにたまりたる水を鮮明にＣＦ映す

紙の角きっちり合はせ折り紙を折るつかの間は楽しかりけり

菅井いそ「青き睡蓮」（二〇〇一年）

歌集「青き睡蓮」（二〇〇一年）は筆者菅井いそが乳がんとなり、治療中に作った短歌を没後、遺族の娘さんが一冊にまとめたもの。死を意識しながらもその作品はうるおいがあり、気品に満ちていて、人間的な暖かさを感じさせる作品集である。母は病院にいて娘のことを案じているのを娘として思いやる一首はまことに切ない。人間を見る目が深く、いずれも哀愁をたたえている。筆者は窪田空穂《くぼたうつぼ》の孫娘にあたるのだが、空穂の短歌の人間味をよく生かし、さらにしなやかなリリシズムに発展させたといってよい。

（第一一回）

「どちらさん」と痴呆の妻が吾に言ふ五十五年の同行二人　……内藤　昇

老人介護も福祉も羊頭狗肉なる現実を知る夫長く病めば　……石塚　久代

傷む背を耐へつつ夫のむつき換ふ老老介護も六年経たり　……大久保千鶴子

癌痛みて鋭くなりゆく神経か些細な事に小言いう妻　……黒高原　香

長期入院叶はず転院せむ夫の寝台車に子と黙し添ひゆく　……腰山きぬ子

夫君を三十年看取りし上田さんを思へば六年何程のこと　……小平せい子

八十歳が八十三歳を看取る日々辛しと思へど幸ひとせむ　……白石　光子

冷え切りし夫の手をとり眠らせぬ二十四時間徘徊のあと　……滝本　滋子

両の手をベッドに縛られ病む夫の紐少しづつゆるめて帰る　……土居美津子

泣くほどの若さは失せつ庭に出て黒バラの実の朱きに触れる　……引地ふみ子

『命ささへて』と題して新アララギ発行所から刊行されたこの歌集は、『新アララギ』に所属する歌人一〇人の合同歌集である。「介護十人集」と副題があり、一人一〇〇首、計一〇〇〇首がそれぞれのエッセイとともに収められている。一つの短歌雑誌がこうした企画をし、まとめたことは、画期的なことであり、現代生活の実態がよくうかがえよう。あわせて短歌がその生活を支えていることがわかる。表現はリアルなリアリズム。それだからこそよく訴えるものとなっている。一〇〇〇首が題名通り命を支えている短歌のシンフォニーの調べといってよい。

（第一二回）

鳴りわたるティンパニの声が告げるもの「人生のたたかいは、中途でやめられぬ」
歌よ、わが歌よ、悲しみに満ちているわが歌よ。空は冬の雲動かずにあり。
生をたたえよ、老と死をたたえよ。ぼくに定着したエピクロスのこころ。
死のゴール、みんな別々にのめりこみ、早い到着もよろこびにあらぬ。
残る葉もないイチョウ並木をながめつつ、滅亡感を否定している。
抵抗と解放のしるしであった「第九」いくたび、今日は悲しみに　耳澄ませいる。
仰いで寝ているばかり　一日いつか過ぎて　老の時間は　飛翔が早い。
わが死後の　十年、百年、千年の　歴史のあゆみ、思いめぐらす。
傷つかぬ人生などありようなし。傷つき、傷つき、生きのびてきた。
朝、いっせいに柿の葉が落ち、落葉の季節を　ひとり歩む。

『赤木健介歌集Ⅲ』

赤木健介の晩年の短歌作品を引用しましたが、これだけでもユニークな詩情豊かな短歌であることは察せられます。伊豆公夫の名で歴史学者として知られており、詩人でもあります。早熟の天才的資質があり、芥川龍之介に評論を推賞されたこともあります。多才な知識人といえましょう。戦時中には獄にとらえられたりもする反骨精神の持ち主。

これらの短歌には苦難な道をたどって来た生涯の哀感あふれるリリシズムが結実されています。

三首目のエピクロスはギリシャの哲学者。生の充実を求めた論で知られています。類のない味わい深い老境の短歌にしみじみとした思いです。

（第一三回）

一杯の午後のコーヒーのむために一駅の定期券持ちている父

ゆっくりと押しゆく父の車椅子桜の下の白い歩道を

孫たちに栗の実などをむきくれしナイフを父の胸に置きたり

譲り受けてわれは聞くなり入院の父が使いし小さなラジオ

亡き父の好みし三角の豆餅の包みを持ちて路地歩みゆく

洗面台の棚に置かれしままにあるシェーブローションの群青の壜

サナトリウムのベッドで貰いしガリ版刷りの詩集一冊が縁となりにき

問いたきこと告げたきこともそのままにわれは一人の日を重ねゆく

花の名など関心のなかりし夫よ竜胆《りんどう》と吾亦紅《われもこう》です今日の花束

送り出す人あるごとく玄関に磨きて揃える一足の靴

『きのうまで』桜井映子

歌集『きのうまで』（二〇〇八年）は桜井映子の第一歌集。引用したはじめの五首は父をテーマにしたもの。あとの五首は夫をテーマにした挽歌から選んでみた。父と夫とのそれぞれの死別を歌っている作品の微妙な違いは注目されるが、共通して感じられるのはしなやかな情感・織細な感性、深いリリシズムの余韻であり、静かに心にしみてくる味わいがある。飾りたてた技巧派ではなくごくつつましく身辺をとらえるナイーブさである。あまり目立つところのない歌集ではあるが、読む人に静かな共感を与えてくれる。短歌の本質はこういうところだと思う。その人柄が最後は資質とあいまって文学となるのだと思う。

この歌集からさらに印象に残る作品をあげるが、いずれもこれならわたしにもできそうだと思わせながら、いざ作るとなるとかんたんではない感性の生きた作。

「ピースピースと小鳥は鳴く」と反戦のチェリストの言葉今身にしみて
検査室への矢印に沿い歩みゆく渡されしカルテのファイル抱えて
雪の日の昼を明るく灯しつつ向うの橋をバスが過ぎゆく

（第一四回）

この髪も脱けてしまふかたいせつに一櫛ひと櫛わたくしの髪

点滴室は広く静かなり薄色のカーテンの内に一人つつゐる

手が疲れハンコを落としてばかりゐる玄関口に宅急便が来て

体力をつけるためにただ食べる今は食べられることを頼みとなして

もの言はず疲れて寂しくゐる人に椅子の背にまはり紅茶を淹れる

すぐに死ぬ病気にあらず来年の予定表にいくつか書き込みてゆく

ざざと来てざさと降りやむ昼の雨くよくよすんなと陽も射してくる

死のことを思はざる日は無くなりぬ死ぬ日のために体力温存

この深い青空に沈みゆく点滴の四袋分の水吸ひし身は

しやうもないから泣くのは今は止めておこ　全天候の夕焼となる

『葦舟』河野　裕子（二〇〇九年）

河野裕子は二〇代のはじめに角川短歌賞を受賞し、清新なリリシズムに注目され、女流歌人の推進力となって活躍して来たひとである。自分ばかりか夫・息子・娘・母、それぞれ歌人として受賞している短歌一家であり、現代歌壇においてもっとも話題になる存在となっている。

その河野裕子が『葦舟』によってさらに多くの人々の関心のまととなったのは、癌の発病・転移・余命わずかというここ数年の時期の生活がリアルに、生き生きと、詩情豊かに歌われているからである。死を覚悟しながら、決して暗くならず、じっと自分をみつめ、家族をもみつめている。ユーモアさえ感じさせるような人間性豊かな詩情が切なく脈うっているのである。見事な文学精神である。この歌集を刊行のあと、八ヵ月後に死去。

（第一五回）

難聴のわが耳もとに口よせて語る夫の息の温もり　石原　君子

眼を病みし妻に付き添い通院の七十路《ななそじ》のわれはじめて腕くむ　丹　栄次

逝きし人はや遠くしてそれぞれの生計《たつき》に追われ日は暮れんとす　武田ヒフ子

この芽吹き見よとばかりに銀杏の老樹は吾を見おろして立つ　鈴木　邦治

庭にたつ大樹の桜色づきてわれ百歳の春をことほぐ　曽物部千治

料金表われと作りておさな孫肩打たせてよとしきりにせがむ　波野松太郎

母の日に届きし孫の初便りぼくもおげんきと結びてありぬ

八十八なんのとりえもなき我は老健にして孫二十一人　伊藤　栄作

片意地も今は仏となりぬれば意思が強固とみながほめあう　鎌田　貞雄

二人老ゆと歎く歌ありいかがせん孤りひそけくわれは老いゆく　岩崎　彰

NHKテレビで「お達者文芸」と題して高齢者向けの番組みが昭和六〇年代にあった。短歌・川柳を募集し、近世文学の学者である暉峻康隆が選者になって毎週入選作品が発表された。のちに三冊の本にまとめられているが、これはその二冊目の短歌作品から選んでみた。冒頭の解説文のなかで、老いにとっての課題の一つは孤独の訪れであり、死に対する恐れよりもボケることであるとしている。それらに対応してゆくためにも、「お達者文芸」の意義を述べていた。作品それぞれが老いの現実を正直に、素直に歌っている。六〇代から一〇〇歳までの人たちが、歌うことで生きてゆく支えとしていることが察せられるのである。ああ、わたしも同じと思う人が多いことであろう。無名の人たちのひとりひとりのためばかりではなく文学というものの今日的課題を考えさせる広く、大きな課題を提起しているものでもあるといってよい。

（第一六回）

献体の手続き済むといふ電話まだ生き喘ぐ老をみとるに
銜《くわ》えたる匙をカチカチ噛むのみに呆けたる老に言なくたてり
語りあふことなく一生経て来しと思ひて老いの愚痴にも頷く
柊の葉を汚物より取り出してカードに異食の項を加ふる
「弁当！」と言ひ渡さるる汚れたる襁褓《むつき》の重さ……測り難かり
看護婦の我が名忘れて叱り続く老いはおくれ毛もがき上げてをり
面会の誰も来ぬとて泣き続く白髪ばさらにふりたて老いは
つけられし歯型互ひに見せ合ひて嘆息をつく一日の終わり
子がひきとめしと入所の老いの嘘を許す羞しきことなき齢なるに
意識戻れる老いの顔拭く涙とも汗ともいへずしたたれるもの

『青葉町春秋』『青葉町断章』島崎孝子

島崎孝子は看護師として東村山市青葉町の老人ホームに一七年間勤めており、その時期の短歌は『青葉町春秋』(一九八六年)『青葉町断章』(一九九三年)に収められている。その前の第一歌集『村の子ども』(一九七三年)では子育てや病気、夫の解雇復職裁判などがテーマとなっていたが、老人ホームに勤めるようになってからの作品は、現代の老人医療の問題が率直に綴られていて、切実な思いとなるものである。「異食」というのは、やたらのものを食べてしまうことなのか。たいへんな労苦の日日であっても、人間の生きてゆくことをたいせつに思って支えとしたのであろう。短歌に歌うこともまた支えの一つとなったのであろうと思う。リアルに現実をとらえるも絶望せず、人間を信じて理性あればこそだ。

（第一七回）

髪梳《す》くに足りる力の戻り来て肌《はだき》に触れる櫛を楽しむ

病室の窓より見える合歓《ねむ》一樹静かなれば丸葉美し

ゆるゆると車椅子にて行くわれを首をかしげて犬が見送る

日に何度心臓発作の音ぐみに耐えてニトロの苦き甘さよ

一日に一リットルの水を飲む我が息の緒の根源として

ラヴェンダーの野に寝てみたいその次は波打ち際を歩いてみたい

病状は気圧につれて変化する南の洋上台風二つ

揺らぎつつ傾き生きる老いの日々ひと日ひと日を重ね来て秋

我々が誇りにしていた憲法の不戦の誓いは幻想だったか

ひと口のパンが喉《のみど》を通った日私は深紅の薔薇《ばら》になった

歌集『萩』　柳澤桂子

柳澤桂子は分子生物学という分野の女性研究家として先端にある優れた学者である。研究所に勤務中の四〇代半ばに寝たきりの病気となり退職。療養。その後、病名がセロトニン欠乏症であることがわかり、起きられるようになって闘病のかたわらはライターとして活動するようになり、短歌をはじめたひとである。あとがきで「人に見せるためのものではなく、あくまでも自分を表現して」とつつましくその動機を記しているが、正直に自分を表現しているゆえに、多くの人の心を打つものとなっている。

短歌表現の道に入ったのは病気をきっかけの五〇代近くになってのものではあるが、専門歌人にはない自己表現の率直さがみずみずしく、詩情豊かなものとなっている。科学者としての知性のたしかさが病気を静かに凝視せしめ、うるおいのある情感として結実している。社会的関心のたしかさも見られるのだ。正岡子規・長塚節たちの伝統的な病床詠とはまた異なる今日的典型として考えさせられるものである。

（第一八回）

また一つ楽しみ増えてわくわくと新たにペンを握りつつ書く　角日しち

分身と思えば親しき車椅子リハビリのあとしばしくつろぐ　川口孝仁

わたし前期私は後期と笑いあいゲートボールの球打ちてゆく　大島厚子

介護する苦労話が盛り上がるベッドの人はしばしそのまま　北久保勝也

腰曲がるひと世に多しわれもまた曲がり始めて同志と思う　櫻井栄雄

少額の年金おろすATM餌づけされしモルモットのごと　川久保良治

時どきは喧嘩のような声も出し老いの会話は涙ともなる　中島ミキ

旅にゆけぬ妻を思いて口にせず一人見ている旅行のパンフ　岡田孝道

母は認知症叔父はアルツハイマーにて歳重ぬるは恐怖と覚ゆ　高綱美子

長寿国お寒い現実露出する所在不明の高齢数多　小森きよし

九十歳元気なつもりで筆持てど写経の文字は左右に歪む　橋本順二

「毎日新聞」(埼玉版)の短歌欄に寄せられた作品から抄出した。毎週木曜日掲載の応募ハガキには年齢が記されているが、それもみるとほとんど六〇代以上の高齢者である。百歳の人の作品もある。

引用した一首目、角日さんは九四歳。ペン習字をはじめたのであるか。生きてゆくことに気力をもっている姿勢がうかがわれる。どの作品も正直に老いの生活が歌われていてしみじみとした味わいを感じさせる。単なる愚痴ではなく、正直にあるがままを歌うことが大切なのであり、それはそれなりに気力があってのことと思われる。読んだ人がこれならわたしもやってみようという気になる。それはとてもいいことだ。文学として、その人の生きがいとして。

（第二〇回）

吾子にすらうとまるる日は家のことも皆なげうちて死なむと思ふ　井倉　信子

還り来し人を迎ふるどよめきを垣ごし見をり夫なき我は　植田夏智子

罪なくとも悲しみには遭ふといふ　私はヨブにはげまされいる　小川　邦子

夫のなき世に生きてゆく我なれや涙といふも強きものかも　勝野はるみ

高々と笑ひし午後のひとときをむなしと思ふ夜半さめしとき　加藤　幸乃

たはやすく死をねがふ心いましめて子等の寝顔に口よせぬあはれ　倉田　敏子

母われがこよひも夜業はじむれば父なき子らよかたまり眠る　田中とし子

この果てに君あるごとく思はれて春の渚にしばしたたずむ　丹野きみ子

寂しさを口にいださぬ子を思へばいよいよ強くわれはあるべし　中村真寿美

戦死せし夫がかたみの子のあれどわがもてあますこころのもだえ　堀井みち枝

いたましく夫と妻を引き裂きて戦ふ国は滅べと思ふ　森下　宙尾

歌集『この果てに君ある如く』は昭和二四年秋、『婦人公論』が全国の戦争未亡人の手記・短歌を募集してまとめたものである。四二〇〇首の中のごく一部を引用したが、一八〇万人といわれる未亡人の切実な思いが正直に歌われていて、いま読んでも心にしみるものがある。専門歌人の短歌ではないが、しかしひとりの女性として、人間としてのひたむきな訴えは心をゆすられる。

戦時中には、国のためとして忍従の生活であった。やっと平和になって人間らしい生活ができることになったように見えても、未亡人はやはり耐えるしかない。しかし、戦時下と異なり、愚かな国は滅べとまで叫ぶことができているのは人間的自覚である。

（第二一回）

団欒に遠く生くれば道ばたの蚊帳吊草にも話しかけたき

ぜいたくな夢を見すぎてゐるやうな花吹雪のなか人の恋しき

手も拭かず駆け来しに電話切れてをりどこのどなたかお気の短い

一日を誰にも逢はず縛られず晩年の懶惰《らんだ》ゆるされてをり

電球を取り替へるにも人手借り独立などとはをこがましけれ

あかあかと眉ひきたがりよこしまの女のとりで度しがたからむ

寂しがるわけにあらねど帰りゆく子の足音に耳はかたむく

つんつんと空に向へるドラセナの咲き澄む頃や夫の忌めぐる

桜桃の季節めぐりて四十年夢の枕に立つこともなき

大まじめに植民地政策のお先棒かつぎしものか教育者として

歌集『無量光《むりょうこう》』（一九八九年）の作者山下志のぶは若き日に朝鮮で教師となり、敗戦により引き揚げてきている。作家ジェームス三木の母である。この歌集は八〇歳になったのを機会にまとめたもので、ひとり暮らしの日常が自在に思うがまま歌われている。

自分を深く見つめ、あるがままの心情をあっさりと歌いあげ、老境の達人の趣きである。時代を見る眼もしっかりしており、老の姿も詠嘆的ではなく、人間として溺れることのない自立心がある。表現は率直、無駄がなく、しみじみとした読後感を与えてくれる。老境の短歌として出色のものといってよい。

なお、参考につけ加えるなら、著者の短歌の影響を受けて息子の妻も短歌を作るようになり、歌集『朝は良妻にして』（山下憲子）では嫁から見た姑の姿が歌われている。

健康を幸せと言ひて夢多き姑なり過去を語りたがらず
寡婦となりてすでに三十年古稀迎へし姑の笑顔に翳る淋しさ
毒舌と言はれぬる姑も義歯外せし口元いとも柔和なり

（第二四回）

委員長われ筆頭に馘首《かくしゆ》されて殺気だつ者傍観する者北叟笑《ほくそ》む者

捕まりて警官に引かれゆくわれよ食管法違反の米を背負ひて

二斗の米の現行犯として拇印押し指紋とられき写真もとられき

勤続二十五年四十一歳にして馘首さる昭和二十四年七月十四日われ

君は係長僕は駅助役十年まへ降職して闘ひて馘首されぬ

東北の米ですよ奥さん旨いですよ買って頂戴よ安く負けときますよ

老いてゆくわが眼はかすみ涙でる今すぐ欲しき眼鏡眼薬買はず

馘首され苦しみし十一年いま首に手拭ボロの身につく肴行商

肴売る夢より覚めて眼をあけるここは間組《はざまぐみ》宿舎べニヤ張の中

土方やめ考へ考へ職変へぬビルの掃除に老を働く

赤根谷善治の歌集『汗』は、国鉄に長く勤め、駅助役までなっていたが、馘首され、闇米屋、肴行商、土方、ビル清掃夫など、転々として肉体労働で生きしのいでゆく生活を歌いあげた一冊である。

昭和二四、五年は国鉄で一二五万の人員整理、民間のレッドパージでは一万数千名が米軍の通達によって馘首された。下山、三鷹、松川などの事件の謀略がしくまれ、労働組合が弾圧されて朝鮮戦争となった時期である。

赤根谷善治はその戦後史のもっとも暗い時代を生き抜いた典型といってよい。困難にめげず、労働者精神のしたたかぶりを示した歌人である。時代変革の志を支えとし、詠嘆に陥ることなく、大らかに、リアルに自分を見つめ歌いあげている。多くは当時の『アララギ』に発表したもので、土屋文明からリアリズム精神をよく学びとって、現実に即し、命のほとばしりを結実させたのである。会えば朴訥で、親しめる好漢だった。「がさつ者」といわれたことで、僕はがさつを徹底させて文学とするよと笑った顔をなつかしく思い出す。

（第二五回）

「七十年のご愛顧感謝」と書き終えぬ義父が開きて我が閉ざす店

事業用粗大ゴミとて運ばるる長く手触れしわれのマネキン

娘と共に戻りしのちをこの今に寛ぐように小さきソファー

「おばあちゃん」児が幾たびもわれを呼ぶ用ある時に用なき時に

明日よりは施設の庭に翻る父のパジャマに名を縫い付ける

父のホーム出て来て母の病院へ下りゆくなり風吹く坂を

湖見える母の病室に父の死を告げねばならぬことばを探す

耐え耐えて母は苦痛も言わざれどノートに残る「絶望」の文字

楡の木の梢の風よ七三一部隊在りしは遠き日のことならず

児の成長が娘を穏やかにしてゆくとふとも思いぬ同居八年

歌集『からかさ谷』（二〇一〇年）は、著者加藤和子の一家の生活ドラマの趣きのある一冊である。著者は義父のあとを継いだ伝統のある用品店を閉店させざるを得なくなる。娘は一女をつれて離婚して家に帰って来、その幼女を育てゆく日々となる。実家の父の施設入居、母の入院、そしてその父母も亡くなるという生活が静かに歌われているのである。言葉がしなやかで、うるおいのある表現で、心にしみる作品である。じっと耐えて生きてゆくことを大切にしてゆく姿勢はヒューマンなけなげに自立した女性の感じがする。広く社会にも視野をもっていることは、中国の七三一部隊の跡を訪れたり、沖縄、松代などの戦争にかかわる作品にもよくうかがえる。題名のからかさ谷というのは、いま住んでいる場所が江戸時代には傘作りの職人が多く住み、からかさ谷といわれていたことによる。からかさのもつ庶民的な味わいはこの歌集の親しみにもつながろうか。

（第二八回）

食いしばれ眼鏡はずせと注意して古兵はビンタ今夜もくれる

敵の弾私めがけて飛んで来るそんなに私偉くないのに

終戦と誰がつけたか気取ってる負けたと言わぬ敗戦日本

ＯＰＥＮと横文字使い店開き二年たったら漢字で〝閉鎖〟

読経の意味がわからずその間昨日のバーの彼女を思う

渡されしお経の本のその場所を探しおる間にお経終わりぬ

仲人の嘘にだまされ結ばれてそれで結構うまくいってる

香典を出せば住所を書かされるお返しくれと言うようで嫌だ

あの人もこの人もみな墓の下元気な頃の笑顔懐かし

女性皆お尻大きいと嘆くけど小さかったら尻に敷けない

春風亭　柳昇

落語家春風亭柳昇は「お笑い短歌」と称する歌集をまとめている。秋竜山の漫画をそえて。「落語家生活五〇年記念出版」とのことであるが、柳昇の落語のおもしろさの根底にあるものが三一文字となって展開している趣だ。

「滑稽短歌」と表紙にはあり、現代歌壇に通用する短歌とはちがうが、狂歌ともちがう感じだ。諷刺があり、世相批判があるけれども、作品の心情の庶民的哀感もにじみ出ていて、ほろ苦い滑稽の味わいが生きているのである。「滑稽短歌」の新たなジャンルといってもいい。柳昇師匠は多芸で寄席でトランペットやラッパを上手に吹いて楽しませてくれた。こうした「滑稽短歌」をみると、文才もなかなかあったように思う。五・七・五・七・七のリズムの言葉による今日的役割をよく果たしていると思う。二冊目を出すことなく亡くなってしまったのは惜しまれる。

（第二九回）

手をのべて襖に狐の影絵つくりねむれぬ夜がすこしやはらぐ

病むままで日々を美しく生きようとあらためて瞳を黄菊にこらす

野良犬の生きるに足りないたべもの　石に　供えるように置いておく

「ふみ子さま」と　誰彼に呼ばれ　仏桑花咲く　故郷に溺れる。

原子爆弾の写真で訴えてくる年賀「核も基地もない沖縄に」。

このまま錆はててゆくがよい　海ばたに並ぶ米軍上陸用舟艇。

どんより曇った空の下　基地反対　解雇反対の大文字が　血をふいている。

戦跡に埋もれる白骨無残　はかなげにとぶ蝶の　ただならず。

棕櫚の葉に聴く朝風　さわやかに晴れて　今日が在る。

沖縄というと心激し　原稿用紙のます目　かっちり　かっちり埋めてゆく。

井伊文子は琉球の王女として生まれた。沖縄の首里城に掲げられている系図にその名が記されている。彦根の井伊家に嫁ぎ、井伊姓となった。病弱のため療養の短歌が若い時代には多くみられるが、快復後は社会福祉事業にも貢献、仏道に学ぶところ多く、華道の師範としての仕事など、著名なひとだ。

そうしたひとが短歌では佐佐木信綱の元で学んだ定型から、歌集『浮命』（昭和二六年）に及んで口語自由律の発想と移っていったのは興味深く思われる。リベラルな思考によるものだろう。作品は詩情豊かで気品があり、何よりもヒューマンな知性の持ち主であることに親しい思いとなる。『井伊文子短歌全集』には九冊の歌集が収められている。ほんの一部分を引用するのみ。

（第二一回）

人間の歩くところに道はできる魯迅のことばよみがえる今

いささかの自信つきたる気のゆるみ転倒捻挫す病棟の廊に

えごの花散る下道の勾配を味わいつつ歩むひと足ひと足

不愉快なことも半分生きているしるしと思い味わいつくす

きびしさのつのれるしびれ踏む足に力をこめてのりこえむとす

その日その日疲れ具合を試しつつ自己決定す歩みの姿勢

幼き日父と見上げし南禅寺山門を今車椅子にて行く

君が代を歌わず日の丸かかげざりし成城小学校我が矜《ほこ》りとす

ありったけの力ふりしぼり生きていつ我は元気と人はいえども

死に支度もう始めたしと我が言えばまだちょっと無理と主治医は宣《の》らす

鶴見和子は優れた社会学者としてよく知られている。外国や日本の大学教授を勤め、多くの学術書もある。一九九五年、脳内出血で倒れ、療養に励むなかで若いころに作っていた短歌を再び作るようになった。歩行訓練のリハビリと共にである。

歌集の最後の一首は「萎えたるは萎えたるままに美しく歩み納めむこの花道を」となっていて、歌集の題名も「花道」としているが、それははじめ「道場」と作っていたものを主治医から、「道場」のようなスパルタ式リハビリではないといわれて、直したもの。療法士のさまざまな指導による積極的なリハビリ訓練を「花道」としたのは、今日的リハビリのあり方としても意味がある。

作風は平明・率直。そして味わいがある。あとがきに「わたしは、短歌は究極の思想表現の方法だと思っている」と記している通り、しっかりしたヒューマンな生き方に支えられている。社会的時代批評のたしかな作もあり、引用八首目の君が代の作もそうした一首である。

『矢代東村遺歌集』

（第三二回）

衰えは既に今年の秋に入り、相つぎて歯もぽとぽとと落つ。

衰えを悲しむにあらず。思うこと　思うがままに　いまだ　成らぬこと。

若くして　かくも切なく、おのずから　肩いだき寄せて吸う。その唇を。

いさぎよき　その番だ。色だ。風雪をしのぎ　百花にさきがけて　咲き出た梅だ。

何もいわず、病床にいるこの俺に　何かいわせようと、妻よ。そば近くよるか。

口答なにもせず　枕もとに　さめざめと　なく妻だ。静かに涙をぬぐえ。

悪条件かさなる中に、さいしょからの　唯一つ希望は捨てずに、死んだといえ。

音たてて　始発電車走る高架線路。目覚めて思う。どうしても生きねばならぬ。

仰向けに　じっと寝ている。目つむり寝ているのが今の　俺の闘いだ。

百万の味方いつも背後にあることを忘れるな心へこたれる時

矢代東村は東京下町の小学校教諭をしながら夜間大学に通い、弁護士となって三一歳で開業。

短歌は小学校教師時代から啄木・前田夕暮・土岐善磨などの影響を受けて活躍。大正末期からは口語発想による短歌に専念。プロレタリア短歌運動にも大きな推進力を果たしており、戦争期には治安維持法によって弁護士でありながらとらえられたりした。

短歌はリベラルで詩情豊かであり、本質をずばりという歯切れのよさは、生きる姿勢のたしかさがあってのこと。

引用作品は晩年の歌集『大衆と共に』からだが、歌集としては未刊のまま、遺歌集より引いた。引用の三首目は映画を観てのもの。後半は病床詠・遺詠である。一九五二年のメーデー事件があった年。これほどの格調の高い遺詠は類がない。『大衆と共に』の題名を遺言としたのも思想的確信があったからだ。

（第三三回）

一日の終わりは喘息の気配して胸にこがらし吹くときもあり

明かり消しさあ寝るぞというこの時が私の一番好きなひととき

静かなるざわめきのごとさまざまな匂いたちこむ夕べのひととき

積りたる雪きしきしと踏みしめて今年最期のゴミ袋出す

指萎《な》えて箸落とすこと多くなり屈みて拾うも億劫となる

介護保険医療保険も値上げして年金へらすこの国に病む

保育所の子どものような事をするこれもリハビリと己励ます

食べること排泄すること眠ることといのちのもととしみじみと知る

人間が生まれてきた目的は生きるためだとやっと気づきぬ

生きるため食べるがいつか食べるための生きるに変る終極にきて

わが人生あるがままに生きてゆく意思表示する一票を持ち

作者堀豊子は今年九一歳ということは他の作品に歌われているので分かるが、その他のことはほとんど知らない。川口市の鳩ヶ谷短歌会年刊歌集に発表された短歌である。歌壇的に名の知れた女流歌人の短歌とは異なり、まったく無名の一婦人の短歌であるが、作品は飾るところなく、素直でいい。

九一歳の老境をこのようにあるがままに歌い、味わいの深いものとしているのは立派だ。短歌に英雄はいらないといった土屋文明の言葉を思い出すが、それはだれでも素直に心境を歌えば、読者を納得させるのが短歌的だ、という意味からである。しかし、この素直がなかなかむずかしいもの。

この作者の場合、素直さの根底に社会的な広がりのある眼をもっており、生きる上のたしかな自立性がある。それが、人間的詩情となっているのである。九一歳に拍手を送ろう。

（第三四回）

病みながら生活の糧をかせぐ日々人には告げ得ぬ事多くして

自治会活動などせず十年ねていれば治ったのにと看護婦が笑う

交渉六時間遂に部長は崩れたり患者われらも疲れはてたり

訴える手紙かくさえ息苦し一夏の衰弱ようやくに知る

ペン持てば血の出ることも知りながら書かねばならず原稿を書く

生活保護の行政訴訟を起こしてより法律時報をむさぼりて読む

泥沼をもがくかごとき闘争に我を支える四人の女患者ら

ぎりぎりの要求なれど貫きがたしゆがめる政治の中にてあれば

血痰と動悸はげしき日々なれど人間裁判に生命をかくる

血を喀きつつ今日の判決待ちわびぬ我にて久しき四年のあけくれ

朝日茂の歌集『人間裁判』は結核の重症患者であった朝日茂が、生活保護の基準改善を求めて闘争し、判決を待つこともなく逝いたあとにまとめられた一冊である。「朝日訴訟」「人間裁判」として知られているものではあるが、『広辞苑』第六判にも記載されているので引用しておこう。

「長期入院患者に対する生活保護の基準は憲法第二五条に違反することとして、一九五七年、重症結核患者の朝日茂が起こした行政訴訟。最低生活費論争に影響を与え、その後、生活保護基準は引き上げられた」。

いま、生活保護の医療扶助を受けている多くの人たちのみならず、広く国民の多くの人たちにとっても、生きることを生命をかけて闘った朝日茂の存在は忘れてなるまい。最高裁の判決を観る前に朝日さんは一九六四年に亡くなっているが、遺された短歌には人間の真情が生き生きと歌われて、訴えてくる。病臥も思うにままならず、活動したのであろう。血を吐きながら。病者の短歌としては古今にわたって多くあるが、これは枠を越えたまさに闘病の歌なのだ。人間としての志高く、人類のために闘った作だ。周囲から中傷・誹謗など投げつけられながら耐えてゆく作もある。朝日精神は心の糧だ。

（第三五回）

関節リウマチの学術セミナーの会場へと神保町の駅に降り立つ
背を曲げ足を引き摺り会場へと向かふ人々吾と同じく
悩める人のかくも多きに驚きぬリウマチセミナーの会場に来て
リウマチに免疫の異常によるといへど真の原因は今だ判らず
新薬の生物学的製剤は吾には使へず高齢のゆゑ
効果あればある程副作用の強きをいわれ恐怖を感ず
薬学を学び勤めし経験のあれど現世に戸惑ひ多し
著名なる医師らの講話に肯けど今の吾には手だてのあらず
週に一度抗リウマチのカプセルを目を閉ぢて飲む責務と思ひて
「元気を出せよ」と幻の声にはっとして暗闇の部屋に明かりを点す
もう少し時間を給へ一人なるこの寂しさの癒ゆるときまで

三重から出ている『アララギ派』という短歌雑誌（二〇一二・二号）から巻頭の小笠原靖子というひとの作品を抜いた。作者は薬剤師として働いていたこともあったようだが、いまリウマチ治療中のひとり暮らし。学術セミナーと称する難病などの講演会の案内を時おり新聞の広告で見かけるが、リウマチのそうした講座があったようだ。その様子がルポルタージュのように順を追って歌われていて、読みごたえのあるものとなっている。三〇首発表のうちの引用ではあるが、状景や心情がよく伝わり、歌としての味わいを静かにかもし出している。自分をよく見つめしっかり表現することは、芸術としての力になる。作者の生きる姿勢に支えられた病気の短歌だ。リウマチの患者のみならず、読む者は共感し、生きることの意味を大切に思うことになっている。

（第三六回）

われに効く薬あらねど薬屋が気になり町に薬あふるる

雪ふれば雪にゆだねる花咲けば花にゆだねるわがいのちなり

歩行とう力を遂に失いぬ何か掴まん何掴むべし

いまさらに先天性と決まりたり帰路ゆくわれらただに黙しぬ

排卵ののち熱たかきおみな身でまだあることにゆれる心は

吸呑の水一〇〇ccをのみほせば陽はまた昇っているではないか

五十歳まで生きられますと告げられにきあと二年なる不思議な未来

介護者の母に代りて八十五歳の父は朝から家事を頑張る

毎日が限界である父母とわれSOSを発信しつつ

わが頭椅子に乗せられ右ひだり転がされつつ髪切られおり

わが家よと馴れて読みおり新聞の介護疲れの心中の記事

わが服は三十代にて処分して今日も記憶にゆれる色彩

冬道麻子は難病といわれる進行性筋ジストロフィーを九歳ごろに自覚、一〇代はそれでも普通以上に運動して励んでいたが、二一歳になって病臥。車椅子も使えぬ寝たきりの生活となったが、そうした療養の日々のなかで短歌を作った。嘆き・悲しむ思いを詩情豊かな文学作品にすることによって、精神的な支えとしたのである。難病そのものは困難なままであるとしても、生きてゆくことのいまあることを大切に思い、家族、周囲の人たち、社会の動きに目を見開き、あるがままを描写してゆくことで人間的な意義深い短歌を作った。

介護疲れで一家心中の記事をわが家の場合になぞらえたりするくらいの現実だが、作品は嘆きに溺れていない。文学的に豊かなものとなっている。引用前の五首は『遠きはばたき』（一九八四年）。あとの七首は『五官の束』（二〇〇三年）から。

（第三七回）

車椅子に妻のせて押す日課にもいつしか慣れて三度目の夏

要介護となりて三年半の妻その常臥しの顔福々し

介護とはおのれを叱ることと知る嘆かぬやうに焦らぬやうに

同室の老女九十二歳逝くその家人を一度も見しことなきに

介護士がオムツ交換せんとするに人殺し呼ばわりして拒みぬる

妻を看とるこの生活をいましばし続けようといふ天意なるべし

すこし前に帰りし人のこと嘆けど妻の記憶に跡かたもなく

息荒く「いち、に、いち、に」といふ声がしづけき午後の病廊にひびく

帰りきて灯すすなはち雑然たる部屋あらはれぬこれがわが家か

階段の手すりにしがみつくやうに下りゆく妻の左手支ふ

学校中走り回りてゐしころを思い出しゐむ妻の躰は

連翹《れんぎょう》のかがやく黄のかたはらにその名わすれし妻がほほえむ

桑原正紀の歌集『天意』（短歌研究社）は、妻の介護の短歌集である。妻は教職にあったが、脳動脈瘤破裂で倒れ、治療によって一命はとりとめたものの、記憶障害、平衡感覚喪失となり、病院暮らしとなった。発病以来五年が経過し、その間の介護の短歌を中心にまとめた歌集である。

引用六首目にある「天意なるべし」という言葉により歌集の題名としたものであり、宗教的意味からではなく、あるがままの生を肯定する大きな意志のようなものを著者は記す。介護ということは心労は重たいというのではなく、著者のように仕事をしながらでは、しばしば早退してのことで、職場での気づかいもあってのことだろう。そうしたことを「天意」として受け入れて当然のごと処してゆくのである。

介護の短歌はかなり見られるようになっているけれども、一冊でこうしてまとめたものを見ると、深く生きてゆく意味を考えさせられるのである。人間の大切さ。それを支える厳しさ。切実さなど、など。それが豊かな抒情となっている。

（第三八回）

独りにて六人の子を育てきぬ飢うるばかりの過去なりしかな

美しき光りみちたる朝の廊下這いずりてゆく街を見むため

点滴のナースに上手下手ありて腕に紫の痣《あざ》がふえゆく

わが病みて人の痛みを思い知る運命のままありといふとも

たまたまに袋小路に迷ふ夢さめても汗ふくタオルをさがす

さげすみの様ありありと目に見えて我は怒りの身震ひがでる

ひざの骨音たてるかな漸くに手すりによりて起ち上る時

十二人ベッドに並ぶる中の五人襁褓《むつき》しサジに養はれゐる

迫りくる痴呆を我は怖れ居り日々衰ふる身を自覚して

此の部屋を終ひの栖《すみか》と死にし人一人息子も嫁も来ざりき

良いといふ事悉《ことごと》くやってみるテレビにみたる深呼吸など

かかへられ寝返り打たせてもらひをりかくなりはてしわが九十歳

岡崎ふゆ子の短歌は生前『瀧桜』（一八八七年）のあと、没後に『瀧桜以後』として追悼文集に収められた。一九八四年以後、亡くなる三日前の作品までを収める。引用最期の作品がそれにあたる。

六人の子をつれての離婚。さまざまな仕事を経て再婚するが、その夫も戦死。戦後は高知県での社会活動に積極的に参加し、短歌の分野では『はまゆふ』の主宰者として活躍した。この『瀧桜以後』は八〇歳代の病む日々がリアルに、うるおい深く歌われて心にしみる歌集である。老境をこれほどまでに冷静に、しみじみとまとめているのは優れた表現力とともに、生き方のたしかさによるものである。歌集として世には出ていないが、見事な歌集であり大切な歌集だ。

社会批判を示す作品として、「病む人に言ひたくなけれど此の人の為に死になる命幾万」「わが夫も比島の沖に沈みたりそれよりのちの我の苦しみ」なども心に残る。ヒューマンな理性・立派な高齢者である。

（第四一回）

老いてなほ国民のひとりに数へられ足曳きいづる所得申告に
ありていにいへば機械をつぎつぎに買い換えしのみわが農業は
日に二箱煙となして税収に寄与して眼の敵にされてゐる
大粒の下に小粒を隠したる儲けいくばくぞ苺のパック
新しき首相雄叫ぶ近きむかしナチの総統も雄叫びにけり
この国に金魚の糞のたとえありたとへさながらアメリカにつく
評判の本にも読まぬものがあるどこか偉ぶる著者が嫌ひで
〈うつくしま　ふくしま〉などという惹句どこの阿呆が捻り出したる
戦争を始めし者ら広報に喚《よ》ぶだけ征きて死ぬるは兵士
かつかつに米を作りてゆくアメリカを米国とする表記憎む
ワープロを日毎使ひてつくづくと機械の莫迦《ばか》を嘆くことあり
ことさらに行きて逢ひたき人もなし逢ひたき人はすべて世になし

草野比佐男の歌集『この蟹や何処の蟹』（二〇〇三年本の泉社刊）は、変形性膝関節症と座骨神経で苦しむ著者のよたよた歩きにこじつけたものと自ら記しているが、したたかな諷刺精神をうかがわせるものだ。『万葉集』には乞食者の作品として蟹になり代わっての諷刺風のものがあるのに心を寄せているのか。

ともかく、農業を営みながら小説を書き、詩・評論、そして短歌をひたぶるに書き続けたエネルギッシュな著者の晩年の心情が生き生きとしている。時代への批評、身近の人間たちとのかかわりが端的率直に綴られている。

伝統的な花鳥風月の短歌などではなく、いま、生きている人間として、痛切に感じたもの、怒り悲しみ、憤懣《ふんまん》やるかたなきものを文学として形象化している。ぶっきらぼうではあるが、乱暴ではなく、微苦笑をもたらす味わいがある。

引用八首めの「惹句《じゃっく》」とは、キャッチフレーズをさすが、いわき市在住であった著者があの震災・原発を生きていたらどんなに鋭く、痛切な作をものにしたかと思われることである。

（第四二回）

邪魔になる子どもの措置の相談に冬の苺を手みやげにくる

せっぱつまった話に仕組まれ　おさな児は置いていかれる

ほんものの母の夢みて泣いたといい　今朝のめざめの明るい子

行方不明の父母を待つゆえ噛む爪が変形しつつ小さくなる

母にだかれたおぼえない手に人形はつぶれるばかり抱かれている

言語未発達ちえおくれ捨て子盗癖のこの子らの　うしろの正面は誰

母親役は母のない子がひきうけて陽溜りのものかげのいつもの遊び

母は四人で父はやくざで計算早い子で生きている

不遇なる生育歴など糧にして明るく訪ねて来てくれる子ら

分けて持つ術のなけれどそれぞれのかなしさありて冬の陽あびる

鳥海昭子の歌集『花いちもんめ』（一九八四年）は、養護施設に働く日日がリアルに生き生きと歌われていて感銘を与えてくれるものであった。その養護施設は両親と離れて生きることを余儀《よぎ》なくされた幼児たちである。さまざまな逆境と不遇な目に会わなければならなかった幼児たちとの共同生活は大変な苦労であろうとは思われるが、優しい心を失わず、豊かな包容力でひとりひとりを育ててゆくのである。短歌としての発想は口語で、明るいさわやかな印象を与え、じめじめしていない。引用八首目までは『花いちもんめ』であり、そのあと二首は第五歌集『ほんじつ吉日』（二〇〇一年）からの作品である。この時期すでに著者は難病で身動きも自由にはならなかったが、作品は変わりなく明るくのびのびとしていた。亡くなったとき、ＮＨＫのラジオ深夜便で「誕生日の花と短歌」という番組を続けていた。没後も作品は作ってあったので年末まで放送した。今年も四月から再放送となり、毎朝早く、午前五時少し前、聴くことができる。

（第四六回）

学徒出陣四年続き癩盲七年のこの空白に歌詠まんとす

五月雨のこの山麓の山の根をゆすりて止まぬ基地の砲撃

この五年軍人恩給を憎む歌作りてひとり訴えて来ぬ

赤紙にこき使われしかの四年黒き眉返せ見ゆる眼返せ

米軍去りし富士を喜びし束の間にして今日も自衛隊は撃つ

膝の上の飯粒もだまって拾いくるるこの付添は今日でやめゆく

盲いはててまだ死なずおり戦争を呪いつつ我はまだ死なずおり

わが病いのために苦しみし姉を思う十七年ぶりなる今日のこの手紙

風鈴の鳴る音ききつつ今朝もまた盲人会館に点字打ちおり

寒さふさぐ毛布と鞄とられたり駅の便所に行きし間に

『田村史朗遺歌集』（一九六一年）から作品を引用しながら、田村さんの志は受け継いで生きていますよと呼びかけたい思いとなる。田村史朗は京都大学経済学部を繰り上げ卒業ということで学徒動員に行き、四年間の戦場生活のなかでハンセン病となり、その後、失明し、御殿場の駿河療養所に入所。入所者の自主的組織である駿河会会長をつとめた。一九五〇年代の中ごろ、訪問したことがあるが、話すことは明晰、きちんとしていて経済学者を志たこともあったというのがうなづける知識人タイプであった。富士の裾野の御殿場には今も実弾射撃場となった立入禁止の広い区域があるが、それをいまだに撤去できないのは田村さんを思えばくやしいことだ。作風はしっかりとしたリアリズムに徹し、生命力が脈うっている。一九五九年没。作品に「癩」としているのはいまではハンセン病というところ。遺歌集刊行に際し、遺族H子氏の援助としか記していないのもこの時代のもたらすもの。療養短歌として群を抜く格調の高さ。

（田村史朗遺歌集は一六頁に掲載ずみであるが引用歌に異なるものがあり、再録）

（第四七回）

手術後に初めて歩く散歩道目にするみどり体にしみる

点滴の落ちゆくリズムに合わせては毒には毒をと見つめる私

身をかがめベッドの角にうなだれて無気力なまま今日の治療か

病室に退院の日まで咲いていたうす紫の花カンパニュラ

こがね虫が一匹迷い込んだ夜その運命を祝福しよう

一日に二リットルの点滴が手術後一週間の私を生かす

待ちわびし食事再開一日目碗一杯の美味なる重湯

空腹を感じないのに配られる胃のない私は一日五食

指先のしびれている手に針をもち座布団カバー三枚を縫う

少しばかり涼しくなりても気にいらぬどんよりとした今日の秋空

作者宮坂ふみは歌集『たそがれの光』(二〇〇九年)では新鮮な感覚で日常生活を歌い上げ、印象に残っているひとである。「泥つきの葱を二束カゴに詰め木枯しの中自転車をこぐ」や「ぶどう棚が夏日を遮る台所天ぷら鍋に芋浮上る」など、生き生きとした家庭のひとこまがうかがえるものだった。健康で豊かな知性をものにしていた作者が急に入院・手術となったのは今年のはじめのことである。胃はすべて摘出し、治療のため薬では副作用で苦しんでいる様子が、「はなあふ短歌会」作品によってうかがえるのだが、深く心に残るのは、苦しみをじっと耐え、冷静に自己、身辺をみつめ、うるおいのある詩情に満ちているからである。病気の短歌として、香気ある立派な作品を仕上げている。短歌の生命力とともに作者の生きてゆく姿勢、ならびにそれを的確に表現する資質を感じさせるものである。

（第四八回）

雪道に不馴れな吾も許されて半年ぶりの風に吹かるる

吾の来て邪魔か安堵か聞かぬまま夕べの食のテーブルにつく

インターネットに疲れて眠る男一人吾腹痛めし時の遥けし

気を使ひ吾に物言ふ五十七歳親孝行にすがりて生きむ

もう少し長生き出来ると吾を諌め何れ九州に帰ると言っておく

全身麻酔に眠りゐし吾如何様の姿にありしか子に聞ひてみる

人工関節置換手術の良くゆけど日毎のリハビリの痛きに泣きぬ

長ながとリハビリせし後とる食事蝦夷の食べ物今だ馴染めず

さまざまな物に触れ来し両の指八十過ぎて変形もする

許可得ねば自由行動出来ぬ身は拘置所の如くと思ふ時あり

短歌雑誌『樹林』は主宰者大坂泰による牧水系の月刊誌であり、地道な文学活動を続けている。その一一月号から三又美奈子の作品を引いた。作者については知ることはまったくないが、作品によっては九州で生活していたが、息子の働く北海道に来て生活することになったのが解る。入院して手術をしたりもする暮らしがリアルに表現されていて読者の心にしみじみと伝わってくるものがある。虚飾や比喩にたよらず素直に現実を見ているのである。人間を深くみつめており、生きてゆくことに前を向いている。詠嘆に溺れることなく老いを正直に歌っている。これは簡単のようでいて、一番難しく、かつ大切なことなのである。技法として特に疑ったところがなく、人間の愛情に即した表現をすることは徹している。それは短歌の生命力なのである。短歌の持った庶民的性格とはそういうことだ。

（第五一回）

人一人罪に貶《おとし》めし今もなほ密約はなしと国は押し通す　　宮田　則子

あるものを無しと言ひはり行政は沖縄密約をいまだ認めず

沖縄密約の情報を手に入れて逮捕されし元記者の意気まだ健在なり

秘密保護法つひには可決す言論の統制はすでに戦前のごとく　　内藤　昇

水漬《づ》く屍草生《む》す屍三百万秘密保護も激怒しいまさまむ

胸部貫通銃創と公報受けしが我が兄も餓死かも知れず比島の地にて

わが町に秘密保護阻止のデモあらば兄に代りて行きて呼ばむ

声高に面白おかしくしゃべり合ふテレビ疎まし秘密保護法強行採決の日　　中村　秀子

秘密保護法廃案訴ふる街角に吾も立ちたりチラシを持ちて　　立石　邦江

秘密法を一瀉千里に通さしめ笑まふその頬に独裁の相　　松岡　正富

「特高」に兄の部屋など捜査されし幼き日の恐怖いまも忘れず　　横田　佳子

ふと思ふ小林多喜二の虐殺を秘密保護法成立の夜半に　　小林　美子

『新アララギ』（二〇一四年三月号）の作品欄から秘密保護法をめぐる短歌を引いた。『新アララギ』は『アララギ』終刊後に出発した雑誌で、長い伝統を持つ。その雑誌の一冊の投稿欄にこうした作品が登場している意味は大きいだろう。作者は高齢者が多いことは作品から察せられる。しかし、老いていても真剣に時代の動向をみつめ、嘆き憂いている。あの戦争体験をして生き残っている者として切実に訴えている。短歌の持つ意義としても考えさせられる。花鳥風月を歌うばかりが短歌ではない。いま生きている人間としてのしるしなのである。

（第五二回）

戦いに痛みあるいのちながらえて今日あるもいくさ憎しまむため

原水爆禁止募金に励む日日この身痩せつつ粘き汗噴く

りんごなど狭き売り場に充たしめて患者売店の店員よわれは

戦争に加担せしわれも一人にて耐え耐えて戦後を病み生き抜きぬ

働かぬもののごとくに薄き手よ病む妻とながく生きねばならず

確信をもちて言い得るただ一ついかなる戦いもわれは拒否する

病みて得しものに妻あり小さき店守りつつ共に片肺持たぬ

くちづくる時も鳴りいる気管支よあわれ生きいるしるしのごとく

判屋わがハンカチつねに汚れあるときには顔もその朱に汚る

技術もつ者は羨しなど何を言う病みてぎりぎりに得し職なるを

鶴逸喜は一九二八年生まれ。一五歳のとき太刀洗航空隊に志願兵として入隊。入隊中に肺結核となり、敗戦後、自宅療養を経て国立療養所に入所。一九五九年には胸腔成形手術をうけ、二回にわたって肋骨六本切除。一九六二年、三四歳にしてやっと結核治癒して、職場訓練所で印章彫刻を学び、自立する。一九六四年、療養所で共に過ごした女性と結婚。一九七七年、心筋梗塞にて急逝。旅先の宿屋で夜半誰も知るところなき最期であった。こうした経歴は引用した追悼歌集『火焔樹』（一九七七年）の作品によって生き生きとうかがえるものとなっている。一五歳の少年をして戦争に駆り立たしめ、傷兵となさしめての戦後の苦闘。戦争拒否の信念。その思想性、生きる気力、いずれも深い感銘を与えてくれる。歌壇的には角川短歌賞候補（一九六〇年）にもなっていた。優れた病床詠歌集として忘れ難い。

（第五三回）

入れられし未決監庭の片隅にこぶしの花をはじめて見たり

花の下ほほえみわれを呼ぶ伊藤千代子獄窓よりみしが最後となりぬ

市ヶ谷の独房に在りし二十歳のわれを想えり成人の日は

実験のモルモットが噛みし手の傷の折々うずき指も曲らず

ともに死ぬ覚悟にありしも今も生き死後五十年の夫を語りぬ

石畳の路地を歩けばコツコツと義足の音のいずこともなく

もみじ葉のごとき亡き娘の掌形みる古資本論のページの余白に

戦争になだれゆきたる戦前をまざまざ見する野党連合

獄窓の部屋無残にくだかれる胸さわぎしつつ子の上思いき

泥かぶるというやくざめきたる言葉にて大国に従う宰相あわれ

三十軒の赤旗集金秋は佳し木犀木槿萩の道行く

歌集『雲ゆく下に』（一九八五）は塩沢富美子が六七歳からはじめた短歌創作の一〇年間の作品をまとめたものである。塩沢富美子は青山女学院、東京女子大、東京薬科大学卒の薬学研究者・医学博士、という履歴をさらに深めるなら、東京女子大の時期には伊藤千代子らと社会科学研究に学び、労働組合の仕事を手伝い治安維持法によって捕えられた。一九歳だ。活動中に経済学者、党リーダーの野呂栄太郎と知り合い結婚。昭和八年に野呂は検挙され獄死。その後、生まれたばかりの長女を育てながら薬科大学に学び、在学中にまた治安維持法により入獄一年。その間に長女は五歳になったばかりで結核となり死亡。再び薬科大学に復学し、伝染病研究所に勤務し、学位をとるのである。戦後は母親大会やその他社会活動で積極的に働く。こうした経歴がにじみでている短歌だ。日本の解放運動史上にたしかな足跡を残した女性といっていい。歌集としては七〇代らしくおとなしく、つつましく、土屋文明に私淑した趣き。晩年の土屋文明宅を訪れ、伊藤千代子を歌った作品三首を色紙に執筆してもらったのは貴重な資料。塩沢宅には大切に掲げられていた。

（第五四回）

日本の老いたる母の大方は涙もろくなりて年くれんとす

戦盲の人に握らす銭少し亡き子の上に思ひははしる

もろともに泣かむとぞ思ふたたかひに子を失ひし母をたづねて

己が身のおろかに見ゆる日のありて恋しかりけり亡き子と親と

うすぐらき銀座の街の静けさを知る人はなく往きてかへらず

人の子の母となりたる仕合わせを悲しみを知りわれ老いてゆく

嬉しくも悲しくもなきこの頃の朝昼夜は疲れをおぼゆ

原爆のみたまにちかふ人の世に浄土をたてむみそなはしてよ

もろともに結ぶちぎりは千年の誓いのありておろそかならず

人の世の悲しみばかり残したる恨みの父のみ墓をあらふ

歌集『地平線』（昭和三〇年刊）は柳原白蓮が沖縄線で戦死を遂げた亡き子を思っての一冊である。「悲母」と題した六〇首には、敗戦の目前に死んだ学徒動員のわが子への切々たる思いがしなやかに、気品を保って歌われている。白蓮についての経歴は何度か劇化されたりして広く知られていることだろう。明治・大正・昭和と波乱に満ちた生き方をした女流だ。何しろ大正天皇の生母の妹にあたる伯爵家の二女であり、華族女学校卒業と同時に一六歳で結婚し、その後の九州炭鉱王、さらに宮崎龍介との生活へと進んでゆくのは社会的な話題となったもの。それは因習と封建的な体面をすてて人間的に生きてゆく健気な姿といってよい。昭和初期の社会運動にはエプロン姿で働いている。晩年は「悲母」の会の運動をしたり世界連邦会議にも協力したりしている。「貴族主義と社会主義との矛盾を糧として悩みつつ発展したと、子の北小路功光が述べているのは適切。引用歌の「もろともに」は郭沫若との結びつき。

（第五五回）

無一文のわれもこの民衆のひとりにてずれし靴下を又あげてゆく

くらがりの電柱にビラを貼りて去るこの青年につつがあらすな

手のひらに豆腐をのせていそいそといつもの角を曲りて帰る

塩鮭の頭を下げてのしのしと吾があばら屋に帰りてぞ行く

これやこのわれとて水呑百姓の父の子なりき誇らざらめやも

赤旗の日曜版のみ取りましてずっと勉強しております

学校は出ていないけどお天気の土方仕事はお手のものなり

このようになまけていても人生にもっとも近く詩を書いている

戦争が終わった時に馬よりも劣っておると思い知りたり

職歴はおこがましいが無職業古稀を迎えることにはなりぬ

はれやかな顔ぶらさげて「赤旗」の祭の波にのまれて居るよ

山崎方代の名が知られるようになったのは昭和四〇年代。方代は五〇歳代になってからであろう。『方代《ほうだい》』と自分の名をそのまま歌集にして駅で人に配ったりしたのは昭和三〇年。いささかの奇人ぶりに注目もあびるようになってゆくが、作品そのものが自在で口語発想を取り入れ、人間的親しみを感じさせるものであることが、何よりもの愛好者の拡大となったのである。貧しい水車小屋の倅として生まれ、父母は障害者であり、学歴はないが、本来の文学的資質によって独自の世界を切り拓いている。戦場に赴き、片手を失ない傷病手当金で生き延びたのである。定職に就くこともできなかったが、知る人によって何かと支えられ、親しまれた人であった。「手のひらに」の歌が鎌倉瑞泉寺境内に碑となっているのも住職のはからいによる。昭和五一年秋の「赤旗祭り」に講師として参加した時の作品が「はれやかに」である。風狂のひとの如く思われ、親しまれているけれど、むしろヒューマンな文学精神をふまえた愛すべきひとのように思えてならない。

（第五七回）

足を病む妻を励まして歩む日々築地界隈の五、六千歩を

腕執りて歩むに歩調整わずたどたどし二人の老いの歩みは

腕組みて歩みし若き日もありき今たどたどと街を歩めば

一時間の試歩に疲れて眠る妻を置きて出で来し梅雨曇る街

混み合える歩道に妻の手を引きて入り来る自転車を避けつつ歩む

耳遠き妻に聞えぬ凩のテラスに鳴るをききて眠らむ

「卑怯者去れ」と歌いて若かりし友らも半ばはすでに亡きかも

研究室離れてすでに十年かなじめぬ術語いくつもありて

いつよりか食堂に来ぬ老ひとり気遣いながら妻と飯食む

自らは核放棄せぬ大国の阻まむとする小国の核

カザルスのチェロの響きに籠められし平和の悲願涙ぐましも

満月はいま月島の上にあり墓標のごとく並ぶビル群

長田泰公の歌集『蝉時雨の丘』(二〇〇八年)は戦後まもなく、医学生であった時期のものから、二〇〇八年に至るまでの半世紀を越える長い歳月が一冊となっている。国立の医科研究所に長く勤めて、その時期は作歌も少なくなっているが、ともかく青春の頃から退職し老人ホームで暮らすようになるまでが一冊になっているのでさながら長編連続ドラマの縮刷版を読む思いとなる。若い時期のものは当時、新進歌人として論じられたりしたが、その作者が老人ホームでの作品を収めてはじめての歌集としているのである。老人ホームでの妻を歌った作品はとりわけ心にしみるものがある。作風は写実に徹し、比喩に流れず、虚飾がなく、それゆえ、気品をたたえている。現代歌壇の軽妙や遊びなどとは違った人間を素直に見つめている。そして、現代に生きる知性をにじませてもいる。短歌を始めようとする人にも、近ごろの「名歌」などより、こうしたリアリズムの作品が役に立つだろう。ここには人間が生きている。ヒューマンな哀感がある。老境の相聞歌のうるおいも。

（第五九回）

孟母にはあらねど我は三遷して西の果てなるこの島に住む

第三者的には「軟禁」とも言える車を持たぬ離島の暮らし

二年生四人の授業を参観す　子よりも多き蝉の鳴き声

九十を越えねば「天寿」と記されぬ沖縄タイムス死亡広告

殺めずに外に出すこと上達す風呂場の蜘蛛や壁のゲジゲジ

ふるさとを人は選べずお祭りの旗頭立ててゆく列長し

秋祭りに集える人のTシャツに基地反対の文字の白抜き

貝殻をはずされてゆく寒さにて母子家庭とはむき身の言葉

宿帳に記されていし本名の君を見ている松島の月

昆虫記　子は読み終えてこの人は少し悲しい人かと問えり

危ないことしていないかと子を見れば危ないことしかしておらぬなり。

俵万智の歌集『オレがマリオ』（二〇一三年）は九年分の作品を集めた第五歌集である。二〇一一年三月の地震のあと、沖縄の石垣島に移り住むようになった作品が前半に収めてある。子どもと二人の暮らしである。そうした生活に至るいきさつは、これ以前の歌集の作品にうかがえることであり、そうしたことも素直に示しているのがこの作者らしい人間味であろう。この歌集では子どもが明るく、こだわりなく育ってゆくさまが軽妙に歌われていて読みながら心が和む思いがする。豊かな文学作品となっている。作者の自立精神のたしかさ、人間の情愛のもつ大切さ、洞察力、理性などがあってのことではあろう。そして短歌としてのしなやかなリリシズム。あの『サラダ記念日』の作者のこうした結実にやはり声援をおくりたい気がする。

（第六〇回）

退けどきの歩道に向けて紙芝居演じ終れり熱堪へつつ

妥協して生きゆく事を希はねば今日も来て紙芝居の拍子木を打つ

紙芝居に握りしめ来し幼児の硬貨は汗に濡れてゐるなり

もっと苦しい地区の人々を偲びつつ目覚めてをりぬ軍毛布被《き》て

辛かりし永き月日の党のうちああ平和への願ひをこめて

デモ行進の過ぐる列中に姉を見き思ほえば組織の中にありし姉

隊列を解きたる後もたたまざる地区党の旗をかかげて帰る

食ひ終へし弁当箱に湯を注ぐ老のしぐさをしみじみと見ぬ

足さむくわれは目覚めぬ工場の腰掛の上に腕組をして

はじめての子の成績簿に頷きぬわれの子なればこれくらゐなるべし

かたはらを過ぎつつ友は終業に五分前ぞと手真似してゆく

かすかなる緊張感あり朝の土間に鉄を切るべく身をこごむとき

灯を受けてひかる灰皿誰もまだ煙草を喫まぬ小集会に

片桐伊作（一九二〇―一九九一）は宮柊二の旗挙げした雑誌『コスモス』に創刊号より参加。第一回コスモス賞受賞をしており、のち選者のひとりともなった実力者である。歌集『極』（一九八八年）は六八歳になっての第一歌集である。作品は戦後の労働運動のなかで職場を追われ、紙芝居屋となって活動を続け、のち町工場や医療事務の仕事に従事しながら、やはり民主的活動をして来た生活を文学性豊かに結実したものである。引用した紙芝居屋の作品が第一回のコスモス賞になったもの。社会活動や労働生活、日常の家庭のことなど、地道にこれだけ味わい深く歌ったのは片桐伊作がはじめてだろう。実直な優しい印象を与える人柄が懐しい。この歌集のあとわずか二年で亡くなった。

（第六三回）

はじめての同居は一家の未曾有なる感情も生む親子といへど

いくばくの言葉申して預けきぬ父の辞表も若き上司に

衰へし父となるかな誤字しるき葉書投函せよと置きある

マイクもて怒鳴られにけり父を連れ乗るに手間どるバスの中より

吸呑の真水わづかを飲めずなりぬ今日もまた父の衰弱進む

病院の裏口出づる月の夜死にしばかりの父を運びて

予期したるほどには湧かぬ解放感単身赴任の夫を送りて

路地どこも春のぬかるみ続くなり夫に会はんと来し北の街

憶ひ出でて苦くはあらず親の嘘一つや二つや三つや四つ

手は壁を這ひつつ母の摺り足の冬ざれの家を出つることなし

歌集『秋果』は三浦槙子の第一歌集。三〇代から四〇代にかけての作品であり、静かなうるおいに満ちた短歌といえるもの。結婚して実家に父母といっしょに暮らすようになり、まもなく父の死を迎え、夫は単身赴任となる。母は病弱で壁を伝って歩く暮らし。子どもを産み育ててゆく日々。そうしたどこの家庭にも見られるような生活が、短歌作品として読むものの心に深くしみ入る響きを伝えてくる。人間を深く見、文学として表現することをしっかり身につけた結果であろう。歌人として知られている窪田空穂は作者の祖父。母が空穂の娘ということになる家庭であり、父は大学教授。心に残る歌集の一つである。

（第六二回）

思い切りわれを罵り心足りて老いは睡れり口少し開けて

六十キロの体を車椅子に移す朝ともに必死の表情となる

いつよりかわれを娘と思いいるうなづきて足の爪切りてやる

子を呼びて彷徨しゆくあとをつけ雨の中ゆく傘持ちながら

同僚が恐れて逃げし病廊に狂乱のひとりとわれは向き合う

妻や子の所在明かさず逝きたればホーム内葬儀の遺族席なし

人形をゆき子と呼びて片ときも離さざりしを柩に入れる

身よりなき老女の遺品少なからずこうもり傘の折れし柄もあり

福祉見直しまず人件費削られて今年も腰痛のアンケートが来る

公務員でありて奉仕者でもありて腰痛をこらえながら抱き上ぐ

休みなく人看とることを職として病みて勤める仲間いくたり

底辺で働くあなたと言われたり聞き流しつつ釈然とせず

『介護日和』と題した水谷きく子の歌集は、長いこと都の福祉施設で働き続けた日々の中から生まれた短歌の一冊である。これまで幾冊かの歌集に収められていた仕事の作品を統合したもので、その数八三二首に及ぶ。読みながら介護という仕事が、精神的・肉体的に大変なものであることがよくわかる。短歌作品として抑制のきいたリアルな表現で圧倒される思いとなる。「半生のおおかたは人を看とりたり卒然と来よわが終焉は」という一首もあり、ひとり暮らしで後半生を迎えようとする心情が切なくも歌われている。「卒然と」わたしの最期の日が来ることを望むのは介護のことを知り尽くしているからだろう。つらい歌集だ。それだからこそ、心ある人に読むことをすすめたいのだ。ヒューマンなつつましき歌声の悲しさ美しさ。

（第六五回）

どうにでも人は生きてゆくこと思ひ屑鉄を拾ひ老いて生きをり
なりふりをかまはずなりて老いし吾頬かむりして鉄屑拾ふ
鉄ひろふ仕事は子らに内証にてネクタイをして今朝も家出づ
勉強をしなければああになるんだよ若いママさん吾をさして言ふ
運転手らに屑鉄屋さんと呼ばれつつ屑鉄拾ふ今日も捨場に
一瓶のコーヒー牛乳にあたたまり風の道路に又旗を振る
足ひきてパチンコ屋より出でて来る妻はきまりわるげに笑ふ
土工仕事も無理になりしと街路樹に風鳴る日暮足ひき帰る
夜間工事に出掛ける吾の弁当を足をひきつつ妻作りをり
貧乏でも恥ずかしくないと言ふ自信歌をつづけて吾は持ちたり
労基法吾が言ひしより煙たがり親方は押え焼酎のます
金になる舗装工事をよろこびて胃散をもちて今朝は出で来ぬ

狩野源三の歌集「走井」（一九八〇年）は屑鉄拾いや土方などをしながら生活を支え、それをリアルに歌い上げたものである。手帳や広告の裏に書いたりしていた作品を整理したことが後記に記されている。作風は素朴で飾り気のない写実風であるが、人間の生きてゆく姿がしっかりと歌われているので心ひかれるものをもっている。『アララギ』で学びその系統のいくつかの雑誌に発表しているが、歌壇的にはあまり話題とならずして、心ある人は注目した歌人である。短歌が人間を支え、人間が短歌のあるべき姿を具体化したといえるだろう。作者の人間としての情感が立派に結実しているのである。一九九三年七六歳で没。

（第六六回）

縄目あり手向う恐れ全くなし気らくに突けと戦友は怒鳴らる

屍は素掘りの穴に蹴込まれぬ血の跡暗し祈る者なく

驚愕は身を貫きぬ刑台に笑みつつゆるゆる立つ捕虜をみて

纏《てん》足の女は捕虜のいのち乞えり母ごなるらし地にひれふして

「捕虜殺すは天皇の命令」の大音声眼するどき教官は立つ

縛らるる捕虜も殺せぬ意気地なし国賊なりとつばをあびたり

水責めに腫れたる腹を足に蹴る古兵の面のことともなげなり

血を吐くも呑むもならざり殴られて口に溜るを耐えて直立不動

「特高犯スパイの親族」に米麦の差別さるるを母書ききたる

強いられし傷み残れど侵略をなしたる民族のひとりぞわれは

渡辺良三の歌集『小さな抵抗』（二〇一一年）は岩波現代文庫の一冊として刊行されたもの。著者は中央大学在学中に学徒出陣で戦地におもむき、中国の八路兵捕虜を銃で刺殺する体験をする。キリスト信仰者としてただひとり拒否し、そのために凄惨なリンチを受ける。そうした軍隊の生活が短歌にまとめられ、日本に持ち帰り、長く人の目に触れぬままであったが五〇年後に刊行となったのである。総数九二四首。捕虜虐殺、若い女性兵士の拷問から始まり、それを拒否することでリンチを受けるが、死んではならぬと耐えてゆく。故郷の父は信仰のゆえ治安維持法により逮捕され、残った母と娘たちには配給の食品も差別され受けとれない日々。戦争責任の問題を問うテーマの巻末の作品も鋭く、今日的なもの。侵略戦争であったこと。その責任を衝いている。三光作戦（焼く・殺す・奪う）の実体もリアルですさまじい。引用の最後の短歌は歌集最期の作。

（第六七回）

呆けテスト受けているとも感じつつ素直に答う問われるままに

機能やや衰えたるも使い慣れし古い補聴器耳にあてがう

お土産と看護師告げて世話になるオムツ一束わが膝に載す

わがオムツ浴衣に替えてくれるときありがとうありがとう繰り返すなり

せっかちにナースコール押しごめんなさい素直に詫びぬ頭を下げて

指紋押す指の無ければ外国人登録証にわが指紋なし

久々に点字に触るるわが舌は痺れて少し痛みが走る

「点字毎日」毎日少しずつ読み進み舌の感覚やや戻り来ぬ

今日一日繰り返したるパピプペポ発音練習一千回か

歩きつつぶつぶつ言うのを怪しむな発音練習励んでいるのだ

金夏日は大正一五年生まれだから、今年八九歳。草津の楽泉園療養所の自治会機関紙『高原』に毎月短歌を載せている。二〇年前ぐらいは毎月十数名の作品があったが、今では金さんひとりだ。沢田五郎さん、浅井あいさんなども亡くなり、『高原』歌壇に一〇首自選でがんばっている。金さんは一三歳の時、朝鮮から家族と共に来日して働き、夜学に通うが、一六歳の時ハンセン氏病となる。指が無く、舌で点字を読むことで多くの本を読むのは作品が示す通り。失明し何かと不自由ながらその作品はのびのびとして明るい。生きてゆくことを大切にして、つらさをかみしめている。文章もよく書き文学賞なども受けている人だ。

（第六八回）

働かず得る金としも子に言はる家賃集むる夜を伴えば

スカートを釘に裂かれつ病む父の代わりに工事場気負ひ巡りて

漏水の管をさぐると耳当てつビルの狭間の土冷たきに

集金のわが紙幣よむ指の先灯下の女将するどく見つむ

不況感ひしひし寄せて店子らの夜逃げ揉めごと果てしもあらず

真っ先に朝鮮動乱の基地となりし退去よみがえる博多板付

アメリカ発不況の余波にわがビルもテナント一抜け二抜けのさむさ

失業者つづき自死起きわが古りしアパートは不況日本の縮図

管理人わたしがじゃらじゃら持ち歩く鍵が手かせのやうに重たし

ビルマなる道の長手を帰るなき叔父いかに聞く集団自衛権

変声期最中の孫が適確にわが歌評す征かせてならじ

住み着きて人皆老いぬ電球替へに脚立背負ひてめぐるアパート

名も知らで〈朝鮮ねえや〉と親しみき開戦間近の幼きころに

歌集『奈良町小町』の著者有平房子は博多で生まれ、育ち、大学を出たあと教員を少ししたあと、結婚して父の仕事を手伝って過す。父の仕事は博多の店舗ビルの管理であり、老いたる父のあとを引き受け、「今も現役で働き続け」ているとある。昭和一一年生まれだから七〇代後半の作品だ。いずれも現実に即し、生活感のあるもので表現もしっかりした猫写力をうかがわせる。短歌の生命力文学性をうかがわせるものだ。コスモス短歌会所属の人。

〈資料〉Ⅰ　永井潔『美と芸術の理論』

「ほんとらしい」と「ほんとだ」は、同じではない。むしろ正反対な性質をもっていることに注意してほしい。「だまし絵」は、ふだんから知っている本物にそっくりだという感じをおこさせるから、そこでは本物についての知識は少しもふえない。認識の革新は一つもおこらないわけである。ところが芸術的な絵からうける感動は、本物についてふだんはうっかり見のがしていたことに気づかせられる一種の発見のよろこびなのである。だから芸術的形象はふだん見えている自然の映像と必ずどこかちがっていなければならないのである。そしてふだん感じていたよりも、こっちのほうがほんとだと真相をつきとめた感じ、認識が革新される感じ、それが芸術のリアリティーといってよいであろう。

自然のうわべに似せるのがリアリズムだなどと考えるのはたいへんな勘ちがいだということがこれでわかる。うわべが自然そっくりの作品からは、われわれはなにも学ぶことができない。ただ魂のぬけがらを感ずるだけで、うわべが自然に似ればぼ似るほど真実感がうすらぐ秘密はここにある。

芸術では虚構にしか真実はない。一見ただ忠実に自然を映しているにすぎないような、写生画やルポルタージュなど一般に記録芸術とよばれるものも、みなそれなりの虚構性のうえになりたっているのである。あんまり隅から隅まで無差別に記録してしまえば、結局作者がなにをいおうとしているのかさっぱりわけのわからぬ作品になってしまうであろう。

それならば、うわべが自然から遠ざかりさえすればよいかというと、もちろんそうではない。山の絵が実物の山の姿にとても似つかぬものになってしまえば、なにが描かれているのかさえわからず、山の実感などすっとんでしまうのは当然である。それが真剣な探究の結果であり、かりになんらかの真理がそこにあったとしても、形がくずれて自然の姿から遠ざかれば、だんだん概念的になる。たんに山という字を書いておいたほうがよほどいいようなことになる。山という字には自然の山の姿の名残りがまだ見えるが、山という概念を表示しているにすぎず、芸術的リアリティーはすでに消滅している。

芸術的形象は、自然の姿に近づきすぎても離れすぎても真実性を失う。

言語が、社會的機能を持ち、對人関係を構成するために行爲されるものであることは、言語の意味が理解されない場合にも、了解されてゐることである。例えば、道で外國人に會つて、言葉をかけられた場合、たとへ、その言葉の意味が分からない場合でも、我々は、何か質問をかけられたものとして了解するのである。このやうな點が、同じく思想感情の表現と云つても、繪畫や彫刻や音樂と、言語とは著しく異なる。繪畫や彫刻や音樂は、作者と、これを見る者、聞く者との間に、作者と鑑賞者との關係を作る以外に、それが手段になつて、別個の生活を展開する爲に制作されるといふものではない。勿論、宗教畫や宗教音樂の場合は、それが媒介となつて、相手の宗教的感情を昂揚するといふやうな場合が考へられるが、一般には、ただそれが鑑賞の對象となるだけである。言語行爲は、これに反して、それによつて相手に何事かを欲求し、希望し、命令し、報告し、禁止し、憎悪し、戀愛することによつて、相手との何等かの関係を作り、相手の言動を左右することによつて、その生活目的を達成しようとするのである。このやうな言語の持つ社會的機能は、言語藝術と云はれる文學作品にも妥當することであつて、その點が、文學と他の藝術作品との著しく相違する點である。文學は、屢〻、鑑賞の對象として見られ、また、歴史と社會との反映として見られてゐる。しかし、それは文學を、專ら繪畫や彫刻や音樂と同列に見る立場であつて、作品に對する讀者の立場は、それとは別である。作者がどのやうに讀者に働き掛けるかといふことは、卽ち文學の社會的機能であつて、その究明こそ、文學の社會的研究の名に値するといふことが出來るのである。

言語は、本來、社會的機能において行爲されるのであるから、この問の意味は、いづれが社會性を、より多く持つかといふ意味に解せられなければならない。例へば、國會において議員が演說を行ふのに、鄕土の方言で表現したとする。聽衆が、殆どその意味を理解することが出來ず、從つて、これに對して、贊否の判斷を下すことが出來なかつたとしたならば、この演說者の目的は達せられなかつたことになる。卽ち、この演說は、聽衆を、贊成者の立場にも、反對者の立場にも置くことが出來なかつた、換言すれば、表現者に對する理解者の關係を構成し得なかつたといふ意味で、社會的機能を持ち得なかつたといひ得るのである。文學の場合も同樣で、それが、作者の個性的な身邊雜事の報告に終始して、讀者に對する働きかけを持たない場合は、社會性が稀薄であるといはなければならない。文學の社會性は、決して、その作品の素材が、より社會的事象を多く取り扱つてゐるか否かといふことには拘はらないというべきである。

戦後短歌史を支えてきた作品選

戦後短歌史抄　作品と時代

水野昌雄　著

戦後短歌とは何かを作品で知る

続・戦後短歌史抄　作品と時代

水野昌雄　著

発行・本の泉社
定価：(本体 952 円) ＋税

日本の文化と思想

「短詩形文学」が日本の文化と思想を代表する各界26氏にインタビューした記録集。

窪田章一郎…（歌人）
荻原　達子…（能楽プロデューサー）
林　　民雄…（歌人）
山田清三郎…（小説家）
城　　侑…（詩人）
朴　　慶植…（在日朝鮮運動史研究家）
只野　幸雄…（歌人）
分部真砂子…（小名木綱夫夫人）
岩崎　京子…（児童文学者）
宮　　柊二…（歌人）
嵐　　圭史…（前進座）
高崎　隆治…（戦時文学研究科）
山岸　一章…（小説家）

矢代　隆二…（歌人矢代東村次男）
小野　弘子…（歌人矢代東村長女）
丸山　　昇…（中国文学研究科）
宮城美代子…（歌人宮城謙一夫人）
山田　あき…（歌人）
小竹伊津子…（青年劇場）
暉峻　康隆…（近世文学者・川柳作家）
住井　すゑ…（小説家）
岡本　文弥…（新内家元）
永井　　潔…（画家）
堪沢　伸行…（彫刻家）
増田れい子…（ジャーナリスト）
丸木　政臣…（和光学園園長）

「短歌形文学」編集部／編
発行：本の泉社
定価：（本体 1905 円）＋税

新《しん》・戦後短歌史抄《せんごたんかししょう》ー作品《さくひん》と時代《じだい》

二〇一六年　五月　一日　第一刷発行

著　者　水野　昌雄

発行者　比留川　洋

発行所　本の泉社

〒113-0033
東京都文京区本郷二-二五-六
Tel　〇三（五八〇〇）八四九四
FAX　〇三（五八〇〇）五三五三
http://www.honnoizumi.co.jp/

DTPデザイン：杵鞭真一

印刷　（株）新日本印刷

製本　（株）新日本印刷

ISBN978-4-7807-1271-1　C0292